モルテン
Morten is delicious!
おいしいです^q^

Seia Tanabe Presents
Published by Kousaidou

田辺青蛙
たなべ・せいあ

廣済堂出版

次

目

第1回　まずはタイトルを決めなくちゃ

ちょっと個人的な事情で、来月からアメリカに行くんです。

最初にシカゴに行って、ワールドコンっていうSFイベントに参加して、その後大陸横断鉄道に五〇時間ほど揺られて、サンフランシスコに入って、そこで三ヶ月ほど暮らす予定なんですよ。

あの、田辺さん。その旅程や日常について、書いてみませんか？

はい！　喜んで！

こんな感じで、うら若く美しい女性編集者に誘われて、この企画が決まった。

お世辞でなく、どこの出版社も、女性編集者の美女率がやたら高いのは何故だろう。

例えばK社の編集者は、大女優のような貫禄のある宝塚系の美女で、P社の担当編集者は、とあるグラビアモデルにそっくりである。

他にも学生時代にモデルを経験していたことがある方や、元ミスコン嬢などと、華やかな経歴を持つ人が多い。

私が男性作家だったら、たちまち恋に落ちてしまいそうな人たちばかりなのだが、不思議なことに、あまり男性作家と女性編集者のロマンスは聞いたことがない。

まあ、私の担当編集者の中には男性もいるが、ボツにされやしないかとか、訂正の赤字がどれくらい書き込まれた状態で原稿が返って来るだろうかとか、ロマンスとは別方向でしかドキドキしたことがないので、その辺りのことが原因かもしれない。


さて、家に帰り「ヒャッハー！　新連載だぜ!!」と奇声を発した後、私はさっそく机に向かってこのエッセイのタイトル案をメモ用紙に書きなぐった。


『けろり途中下車』

『蛙道中記』

『ぼんやり蛙旅行』

『けろけろ旅日記』

『ゆるゆる紀行文』

他にもいろいろと考えていたのだが、仕事から帰って来た夫が、私のメモ書きを見るなり、センスが無いと言い放ち、横に書いた一文がこうである。

『モルテンおいしいです^q^』

私は思わず夫の描いたタイトル案の横に「?」を書き足した。

「何これ? どういう意味なの?」

夫は私に何が不思議なのという顔をして、説明を始めた。

「えっ、モルテンって知らない?『ニルスのふしぎな旅』に出てくる主人公の相棒のガチョウだよ。昔NHKアニメでもやっていたけれど、見なかったの? モルテンは空を飛べるガチョウで、ニルスを背に乗せてガンの群れと共に旅をするんだよ。でね、このタイトルの意味は『ニルスのふしぎな旅』の登場人物である、ニルスが空腹の誘惑に負けてモルテンを食べてしまい、この先の交通手段であるモルテンを失ったことに気が付き愕然とするが、今は食べている現状に対して満足しているゆえに放った一言って設定で、君の考えたタイトルよりも、ずっと素敵だと思うけど……。ほら、ものすごく行き当たりばったり感が出ているだろ」

「へえー、そこまで言うんだ。
ならこれから、私のタイトル案とあなたのタイトル案の両方を書いて、編集担当者さんに送るね。
きっとあなたのタイトルは一笑に伏されて不採用に決まっているだろうけど」

翌朝、メールをチェックしてみると、夫の出したタイトルが編集者にウケて、採用されたという内容の返事が来ていた。

ここまでが連載のタイトルが決まった流れである。

余談だが、夫は私とはジャンル違いではあるけれど、同じ小説家で、デビューもほぼ同時期だった。

確か最初に出会ったのは、デビューしてから約一月後の、書店イベントだったように思う。

夫はその時の出会いを全く覚えていないようだが、私はよく覚えている。

編集者の人に、よくわからない変な小説を書く人と紹介されて、出て来たのがへべれけに酔っぱらった、夫だったからだ。

その後の途中経過はよく覚えていないのだが、意味の分からない小説になんの意味があるのと聞いたら、見知らぬ文芸評論家や書評家が出てきていろいろと説明してくれた。

私はそのことについてサッパリ理解できず、ふーん、へーと聞き流していた。

とうの本人は更に酷く酔っぱらっており、私に無理に理解しない方がいいと告げた。

何故かその時私は、軽くバカにされたと思い、相手に意味の分からぬ小説など読み手も限られるだろうし、売れもしないだろう。それに比べて自分は分かりやすいエンタメ小説を書いているので、この先君よりは売れると思うよ、うひゃひゃひゃはっというように返した。


現在、夫の仕事量は私の軽く見積もっても一〇倍くらいあり、依頼は更にその倍くらいなので不思議でしょうがない。

そもそも結婚の経緯も気が付けば一緒になっていたので、よく分からない。

今回の旅の予定も夫が立てたのか、私が立てたのかはっきりしない部分がある。

流されるように、この先も続いていくのだろう。

どうなるかは、分からない。

旅の手段であるモルテンを食べてしまった、ニルスのように。

第2回　モルテン、羽ばたきます

アメリカ旅行に行く直前、夫に対談の予定が入った。

対談相手は、私が長年子供時代から憧れていた、少年漫画家の先生だったので、私もちゃっかりと着いて行くことにした。

二人の対談は二時間ほどで終わり、軽くこれからの旅の話となった。

「これからアメリカに行くんですよ。最初にシカゴに入って、その後『カリフォルニア・ゼファー』っていう電車でサンフランシスコに向かう予定なんです。
途中、電車は延々と荒野を突っ切って進むらしいんですよ」

そう伝えると、夫の対談相手の漫画家の先生は優しく微笑みながら、机のiPhoneを指さしてこう言った。

「これ、大丈夫ですか？」

「大丈夫とは？」

「実は、以前車でアメリカ大陸を旅行したことがあるんです。あれは人生観変わりましたよ。五〇度を超える炎天下の日は車の中でずっと、直射日光を蹲《うずくま》るようにして避けて、電話をお腹に当てて壊れないように冷やしていたんです。ほら、外気温が五〇度で、体温が三六度五分だから、体に当てた方が涼しくて電子機器にはよかったんですよ」

「五〇度！」

日本では聞きなれない気温に絶句し、不安を抱えつつ、漫画家の先生と別れ、私と夫は旅に向けて、とりあえず情報収集を始めた。

この先乗る予定の『カリフォルニア・ゼファー』の本と、イベントで行く予定の街、シカゴに関する本を書店でとりあえず集め読むことにした。

残念ながら『カリフォルニア・ゼファー』関係の本は少なく、ネット上での旅行情報も多くはなかった。きっと日本からわざわざ乗りに行く人なんて、ほとんどいないせいだろう。

そもそも万年赤字路線で、アメリカ国内でも利用者が多くないらしい。

カリフォルニア・ゼファーは、シカゴにあるユニオン駅から、カリフォルニア州のエミリービル駅までを結ぶ大陸横断鉄道で、走行距離は約三九二四キロメートル、二泊三日の間荒野や森を駆け抜ける。ゼファーとは西の風を意味する言葉らしい。

開通したのは一九四八年頃という歴史のある路線だそうな。

「なんか、行く前から不安になって来たね」

「最悪の場合、本を読みながら車内でずっと寝てようよ。どうやらこの電車、カーテンとエアコンが付いているから、流石にいきなり五〇度になったりはしないと思うよ」

「でも、カリフォルニア・ゼファーって、一〇年前に造られた車体らしいから、中がものすいごくボロいかも知れないじゃん。もしカーテンが擦り切れてて、エアコンも壊れてたらどうすんの」

「そこは気合いで……そもそも君は今回の旅行のこと体験記に書くんでしょ。大変な目にあった方がおいしいんじゃないの？」

「そ、そうかも」

夫の適当な返しに納得しつつ、私は個人的にシカゴの情報本として役に立つと思って買った、シカゴ在住の漫画家、ヤマザキマリ氏の『SWEET HOME CHICAGO』を読み始めた。

夫は『地球の歩き方』を買って読んでいるが、こういうのは現地に住んでいる人の体験記や情報の方が役に立つと思っての選択だった。

この本を読んで、大まかに得た私のシカゴに関する情報は、まずシカゴには『牛角』があるということと、冬はとんでもなく寒いということだった。

「ねえ、シカゴって冬はマイナス三〇度くらいになるんだって。私たちが行くのは九月だけど、かなり肌寒いんじゃないかしら」

「ええ、そうなのかなあ。ネットで現地気温を見ているかぎりじゃ、そんなに寒くなさそうだけど。冬と秋じゃ、全然違うんじゃない？」

とりあえず、急に寒くなることも想定して、私と夫はコートと重ね着できる服をスーツケースにたっぷり入れて旅立つことにした。

「今回は旅行後に、アメリカに三ヶ月ほど住む予定だけど、日本から持って行った方がいい物って何だろう？
仕事の資料用に本は多めに持っていくとして……現地調達できる物はなるべく置いといて……ねえ、あなた何かこれだけは持っていくって物はある？」

私が尋ねた瞬間、夫は間髪入れず「おひつ」と答えた。

「これは絶対必要だね。前回アメリカに行った時にカリフォルニア米があることは突き止めているし、実を言うと最近鍋で米を炊く練習もしていたんだよ。

でさ、割と高い炊飯器よりも上手く炊けるようになったんだけど、もうひとつ何か米の美味さをグレードアップさせたいと思って、通販で職人さんが作った曲げ輪おひつを買ったんだ。

そうしたらね、米を入れただけで味が全然違うの。

冷やごはんの持ちもいいし、米を口に入れた瞬間うわっ！てなるほど差が歴然なんだよね。

君も最近米の美味さが変わったって気が付いて無かった？」

「気が付いていたし、台所の「おひつ」は買った時から目についていたから知ってるよ。
でも嵩張《かさば》るし、持ち運びも面倒だろうし、アメリカに持っていくのはめない？
ほら、今回はふたりそろって本だけでもすごい量だし」

「いや、持っていく。味が違うから。「おひつ」っていっても三合用だから、そんなに大きくないし、他の物を減らしてでも持っていくよ」


ちなみに我が家では夫が食事を作る機会の方が多い。

理由は、いろいろとあるのだが、夫が割と台所にいるのが好きなタイプで凝り性だからだ。

そんなわけで、コートとわずかな着替えと「おひつ」と、本を抱えて私と夫は電車で夜の成田へと向かいシカゴへと飛び立った。

曲げわっぱのおひつ

飛行機の中で、夫に連載のタイトルが『モルテンおいしいです^q^』に決まったことを伝えると、ちょっと驚きと狼狽《うろた》えを交えた表情を浮かべていた。

夫の表情の意味を考えながら、私はアイマスクをして機内で眠りについた。

目が覚める頃にはシカゴのオヘア空港に着いていることだろう。

第3回　シカゴへ到着しましたよ

成田空港から、一二時間のフライトを終えてシカゴのオヘア空港に着いた。
外に出ると、青く澄んだ空の下ではためく万国旗が私たちを出迎えてくれた。
太陽の日差しが痛いほど強く、眩《まぶ》しい。
二人そろってアメリカの地で、最初に放った言葉は同じだった。

「暑い！」

「本当に冬にマイナス三〇度とかになんの？　ってくらい暑い！」

「ここってそんなにカナダからも遠くない町じゃなかったっけ？　マジ暑いよ！」

どうりで空港の人がみんな、日本と同じ半袖姿なわけだよなあと思いながら、外が寒いかもしれないと思い込んで着ていたパーカーを大急ぎで脱いだ。

そして、タクシーで宿泊先であり、ＳＦイベントのワールドコンの会場でもある「ハイアット・リージェンシー・シカゴ」に向かった。

市内までは三〇分ちょっとくらいで、観光客だと思ってボラれたりしないかと、地図とメーターとiPhoneのＧＰＳ機能を交互に見ていたら少し酔ってしまった。

タクシーの運転手に「大丈夫か？　酔ったのならこれやるよ」と言われミントの葉っぱがプリントされたキャンディーをもらった。

別に物をもらったからというわけではないけれど、ぼったくりタクシーじゃないかと疑いながら、乗っていたことを少し照れくさく感じてしまった。

とくに料金は事前に調べていた金額と変わりはなく、少々あっけない感じもしたが無事ホテルに着いた。

ハイアット リージェンシー・シカゴ

ホテルの窓からは五大湖が見えた

ホテルには一目見て、あっ！　こいつ絶対ＳＦオタクだなと分かる人たちが、わらわらと、ひしめいていた。とくに変わった服装をしているわけではないのだけれど、何故かＳＦイベントのワールドコンに来ている人と、普通のホテルの宿泊客は容易に見分けがついたのだ。ジーンズとＴシャツ姿でも、なんかオタクっぽいオーラを纏《まと》っていると言えばいいんだろうか、どこか違うのだ。

年齢層は予想していたよりも高めで、ほとんどが三〇代の半ばからそれ以上のようだった。

私も遠目から見たらこのなかの一人なのかなあ……日本からわざわざ来てるってだけで、ものすごいＳＦオタクだと思われたらどうしよう。

最近読んだSFはコミックスは『銀魂』と『JIN —仁—』くらいだし、小説は『銀河ヒッチハイク・ガイド』と『華氏四五一度』だけだし……。

いや、でも別にみんなSFファンなだけでエスパーじゃないんだ、私の読書量なんて見ただけでは分からないから別にいいかなっと、心の中で独り言を呟《つぶや》きながら、ホテルの地下一階にある受付でレジストレーションを済ませた。

「Seia Tanabe」と印刷されたワールドコンの名札を首から下げて、ぶらぶらとホテルを歩き回る以外とくにこれといってやることもなく、シカゴでの一日目が終わった。

ワールドコンの名札

明日の朝からワールドコンが始まる。

それに備えて今夜は早く寝よう……と目を瞑《つむ》り、再び目を開けると翌日の昼過ぎだった。

「えっ」

何度時計を確認しても、午後の一時を過ぎている。

「ちょっと、どういうこと？　っていうか、時差ボケとかいろんな事情があっても、どう考えても寝過ぎだよね。あ、そういえば、夫はどこだ？」

部屋を見回しても夫はおらず、どうやら外出中のようだった。

この時間帯から参加できるプログラムもたくさんあったが、寝過ぎたために体中が痛く、頭が重いので行く気になれなかった。

とりあえず、ものすごく空腹であることに気が付いたので、ホテル内の売店で何か買って部屋の中で食べることにした。

ホテルの中には、昨日着いた時には見かけなかったが、コスプレをしているワールドコン参加者の姿もあった。売店で蛍光色のピンクレモネードと、ソーセージ大のピクルスの入ったサンドウィッチを手に取りレジに並んでいると、後ろから「ペプシがあったわよ～」と大声で叫ぶレイア姫（Ⓒ『スターウォーズ』）がやって来た。

もしかすると、私はいまだに眠っていて、夢の中なのかも知れない。

ピンクレモネードと
サンドウィッチ
手前にソーセージ大のピクルスが！

第4回　シカゴを観光してやるぜ!!

三時過ぎ頃に夫が部屋に戻ってきて、ホテルの東側から五大湖のひとつ、ミシガン湖が見えると教えてくれた。

私は夫が帰って来るまでずっと、サンドウィッチを食べつつ、ゴロゴロしていたことを伝えると、せっかくシカゴに来たんだからちょっと町を歩こうよと誘われた。

ホテルの周りに波打つような外観が特徴の、『アクア・タワー』やランドマークとなっている『シカゴ・トリビューン』があるそうなのだ。

「建物とかに興味無くっても、ちょっと外の風に当たるだけでも気分いいよ」

シカゴの街並

シカゴ市内にある
トウモロコシのようなビル

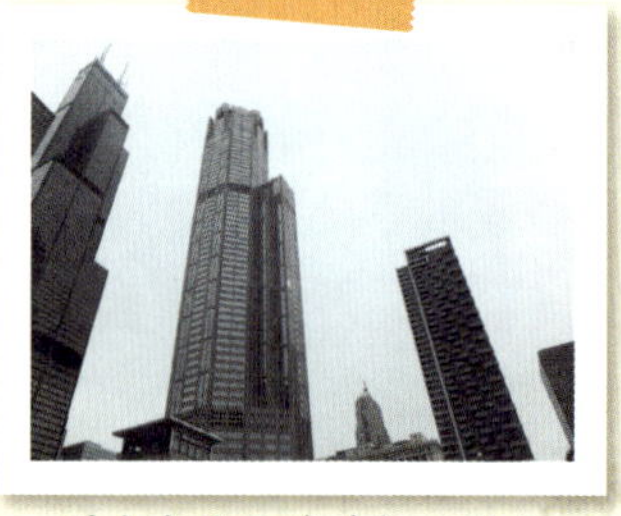
近未来的な建造物が並ぶ

シカゴは日差しが強く、乾燥していたので、私は帽子を目深《まぶか》に被り、ランナー用の水の入ったペットボトルを首から下げた。

ちょっと小さい子供が遠足に行くような格好に見えないかなと思ったけれど、別にいいかと外に出た。

昨日と比べると、気温は少し低く、二八〜九度前後といったところだろうか。

日中は、三五度前後まで気温が上がる、日本の夏と比べるとまだ過ごしやすい。

アクア・タワーはホテルのすぐ側にあり、写真で事前に知っていたものの、波打つベランダ付きの建物を実際目にしてみると「おおっ!」という驚きの声しか出てこなかった。

アクア・タワー

「ここから少し歩くと『シカゴ・トリビューン』のタワーがあるんだ。そこは外壁にね、世界中から取り寄せられたいろんな石が埋め込まれているらしいよ」

最初タクシーで来た時にも目に入っていたはずの摩天楼は、歩いてみるとまったく違った物として目に映り、それほど建造物には興味がない私にもアールデコ調の曲線や、第一次世界大戦が終わったばかりの頃に建てられた神殿のような、巨大な大理石に覆われたビルディングは面白く感じた。

最初はただのコンクリートのどこにでもあるような建物だと思っていたのだが、よくよく見てみると手掘り

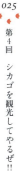

の微細な彫刻が施されていたり、女性の体のような曲線に覆われていたりと眺めているだけでまったく飽きない。

「シカゴの建造物のデザインは、ものすごい賞金をかけたコンペで選ばれたものばかりで、建物だけを見るだけのツアーもあるみたいだよ」

夫の解説を聞きながら、青空に突き刺さる摩天楼の姿をカメラに収めつつ、歩くうちにお目当てのシカゴ・トリビューン・タワーに着いた。

ホーウエルとフッドがデザインしたゴシック調のビルディングの側面には、先ほど夫から話に聞いた通り、いろんな国から持ってこられた石が埋め込まれていた。

シカゴ・トリビューン

ワールドトレードセンターの
鉄筋だろうか

東京の神社の石らしい

ベルリンの壁の石、ノートルダム寺院の石、ピラミッドの石、タージマハルの石。

見つけることができなかったけれど、中には月の石もあるらしい。

その中のひとつ、夫と私があれっと思う石を見つけた。

それは、「連生之墓」と刻まれた石だった。

石の下には「Santa Lucia Barracks, Manila（サンタルチアバラックス、マニラ）」と記されていた。

シカゴ・トリビューンに
埋められた墓石

ゴールデン・キャッスルなんて
大阪にあったっけ？

「これって、墓石……だよね？　運んだ人はお墓だって知っていたのかな……」

「どうなんだろう。マニラから運ばれてきたみたいだけど、日系の人のお墓だったのかな」

この石に名を刻まれた人の半生は、数奇な流れによって運ばれてビルの一部となってしまった墓石のように奇妙なものだったのだろうかと考えながら、その場を後にした。

夫は何か思うことがあったのか、石を見ながら深く思案しているように見えた。

他にも大阪の城の石があったり、建物に嵌《は》め込まれた石を見ているうちに、どんな物にでもストーリーがあるのだなと、当たり前のことを考えている自分に気が付いた。

その後も町中をぶらぶらと建物を見ながら歩いているうちに、夫の携帯電話がふいにプルプルと鳴りはじめた。

「メール？　電話？」

「メール。これからご飯一緒に食べないかってお誘いだった」

「誰から？」

「こっちの出版社の人と作家さん。前にサンフランシスコに来たときにお会いした、出版社の『ハイカソル（Haikasoru）』の編集者さんとママタス氏と、女性のSF作家の人」

ハイカソルは二〇〇九年にスタートした日本ＳＦ系の翻訳出版レーベルで、オフィスをサンフランシスコのベイエリアに構えている。

まだ出版点数は多くないけれど、伊藤計劃《いとうけいかく》さんの『ハーモニー』がフィリップ・Ｋ・ディック記念賞特別賞を受賞したり、他にもハイカソルを通じて出版した日本の小説が、ハリウッドで映画化の話が出たりと何かと話題の多い出版社だ。

社名の由来は、フィリップ・Ｋ・ディックの『高い城の男』からで、「High Castle（ハイキャッスル）」を日本語の音で読んで、更にローマ字にして「Haikasoru」。そしてマークは日本の城になったのだそうな。

ハイカソルの編集者の方とは、去年の秋に知り合い、そこでアンソロジストでホラー作家で、編集もやってのけているギリシャ系アメリカ人・ママタス氏を紹介してもらった。

ママタス氏が監修した本のひとつ『THE FUTURE IS JAPANESE』という本は日本語で、早川書房から出版されている。

幽霊や妖怪も好きな奇妙な人で、過去に一度しかお会いしたことはないけれど、またお話したいと思っていたので、ママタスが来るなら私も行きたいと夫に申し出た。

「元から君も誘われているから。一緒に来る人も君と同じくらいの年の女流作家だって」

「へえー、アメリカの女流作家さんかあ。どんな人なんだろうね」

「会えば分るよ」

久々に会ったママタスは、以前会った時と何も変わっておらず、相変わらず明るいけれど、若干邪悪に感じられる笑顔を浮かべていた。

「アメリカン！　って感じの食事に行こう。このあたりで一番悪趣味なビルって分かる？」「あれ？」「そう！当たり！」

夫と、ママタスは気が合うのか、楽しそうに並んで話していた。

紹介してもらった女流作家さんは、明るく親しみやすい雰囲気の人で、レストランに入ると、日本に行った時の思い出話をさっそく語ってくれた。

「私が二四歳の時に横須賀に行ったことがあるの。誰も日本に知り合いもいなくて、何も分からない状態で空港に着いてね、とにかく急に、どうしたわけかものすごくクッキーが食べたくなっちゃったの。そこで、日本語が分からないけれどクッキーらしきものを売っているお店があったから、綺麗な包装紙に包まれた箱をひとつ買ったの。立派な箱だったから、どんな素敵なクッキーが中に入ってるんだろうってワクワクしながら、細いリボンを解いて、箱を開けたのよ、そしたら……」

そこで、彼女はひと息ふぅ～っとセクシーに息を吐《つ》いてから続きを話し始めた。

「どうやら、ものすごい圧力でつぶされたっぽい、小さな干からびた蛸《たこ》が出て来たの。小さなイボイボまで、そのまんま。袋を開けたら凄い磯の香りがして、ああ！　すごい！　どうやって作ったのかしら、そのまんま蛸の形でぺっちゃんこだわ。でも、私が食べたかったのはクッキーで、平べったい蛸じゃないの。困ったわ〜！

って事があったの」

「へ、へえー……」

「何事も異文化で一番ショックを受けるのって食事よね」

ママタス氏が、女流作家に、わたしが日本で妖怪のお話や怪談を書いている作家だと紹介すると、目の前の彼女は「あたしは河童《かっぱ》が好きなの」と可愛らしく微笑みながら教えてくれた。

そんなこんなで談笑を続けているうちに、ママタス氏が頼んでいた、シカゴの名物料理「ディープ・ディッシュ・ピザ」が運ばれていた。

ピザというのは名ばかりの、トマトとチーズが分厚く盛られた、シカゴでしか食べられない謎料理だ。

ニック・ママタス氏

シカゴ名物
ディープ・ディッシュピザ

「……」

私が料理の写真を撮っている間、皆はピザと呼ばれるピザではない名物料理を、黙って見つめていた。

そして、儀式のようにそれぞれが目の前のひと切れにゆっくりと手を伸ばした。

分厚いピザの耳を摘《つま》んで取ると、ぬろ〜んと中のチーズがちょっとびっくりするほど伸びた。

端っこをおそるおそる口に運ぶと、トマトソースとピーマンとチーズの味がした。

ママタスがこちらを見て、いい体験になったかい？　と尋ねて来たので、とりあえずイエスと答えておいた。

なんとか、大ボリュームの「ディープ・ディッシュ・ピザ」をあらかた片付けると、編集者の人が、耳よりの情報を教えてくれた。

「明日はマスカレードが夜の八時からありますよ」

「マスカレード？」

ディープ・ディッシュ・ピザと夫氏。チーズが！！

びっくりするほどチーズが伸びたディープ・ディッシュ・ピザ

「日本で言えばコスプレ・パーティーみたいなものでしょうか。ＳＦ関係のコスプレが多いですが、見ているだけでも割と面白いですよ。かなりぬるーい感じで、手作り感溢れるイベントですけどね」

昼間、宿泊先の売店で見かけた、ペプシを持ったレイア姫のような人たちが集まるイベントなのだろうか。いろいろと、妄想と期待がもくもくと湧き上がってきた。

ホテルの部屋に戻ったら、こういうこともあろうかと日本から持って来た、コスプレ衣装を広げてアイロンがけを開始せねばなるまい。

ぱんぱんに膨れたお腹をさすりながら、私は明日に備えてのあれこれを思案しはじめていた。

第5回　コスプレと絵画と傷だらけの冷蔵庫

日本から私が持って来たコスプレ衣装は、
『ローゼンメイデン』の蒼星石《そうせいせき》
『るろうに剣心』の緋村剣心《ひむらけんしん》
『ジョジョの奇妙な冒険』のナランチャ・ギルガ
などである。

「全然統一感とか無いよね、どうしてこのチョイスになったわけ?」

と夫に訊かれたので、とりあえず、パッと目についた家にあった衣装をスーツケースに詰め込んだのだと答えた。

夫はなんだか腑《ふ》に落ちないという表情を浮かべながら、私が広げた衣装を眺めている。

「曲げわっぱのおひつなんかよりも、よっぽどスーツケースの場所取ってない？」

「いや、これでも軽くしたんだよ。で、気温がわかんないから暑かったら露出高めのナランチャで、涼しかったら袴の剣心、寒かったら蒼い子って分けて持って来たの。
っていうか、これでも減らしたんだよ。
蒼星石の鋏《はさみ》も持ってこようか随分悩んだんだから」

「鋏？　それって、あの大きい一メートルくらいあるやつだよね。そんなの持って来たら、税関で止められてるよ。っていうか、ＳＦイベントなんだからもっとＳＦ色の強い作品持って来ればいいのに……」

そんなやりとりをしながら、衣装にアイロンをかけ、夕方から始まるマスカレードに備えてハンガーに吊るしておいた。
用意は万全である。

「もう、今日やるべきことの半分は終わったって感じかな」

「夕方までずっと、ニヤニヤと衣装を見ながら部屋にいる気なの？」

と夫に指摘されたので、昨日に引き続いて今日も軽く市内観光をすることにした。

天気予報では、嵐が来ると報じているが、今日もシカゴの空は突き抜けるように青く澄んでいる。

そして、汗ばむくらいの陽気で、日差しは容赦がないと感じるほど強い。

「とりあえず、市内をぶらぶら歩きながら、どこ行くか考えようか？」

「行先決めないと、バテると思うよ。シカゴ美術館が評判いいからそこに行かない？」

シカゴの市内を流れる川には観光遊覧船が浮かび、町を歩く子供がアイスクリームで顔をベタベタにしながら笑っている。

なんだか、どこに視線を向けても幸せな夏の一日という感じで、気持ちが良い。

夫の提案通り、シカゴ美術館に行くことを決め、町をゆっくりと歩いていると、途中緑の芝生に覆われた公園に差し掛かった。

公園には銀色の謎モニュメントがあり、町が鏡のように映り込んでいて面白い。

銀色のモニュメントは、緩やかなドーム形になっており、ドームの笠の部分に入り込めるようになっていた。中に入ってみると、自分の像が歪んで万華鏡のように無数に映り込んで見えた。

「乱歩の『鏡地獄』を体験しているような感じで、面白かったよ」

「クラウドゲートって名前らしいよ、これ」

そういえば、地面に落ちた雲のようにも見えなくはないなと思いながらその場を後にし、シカゴ美術館に着いた。

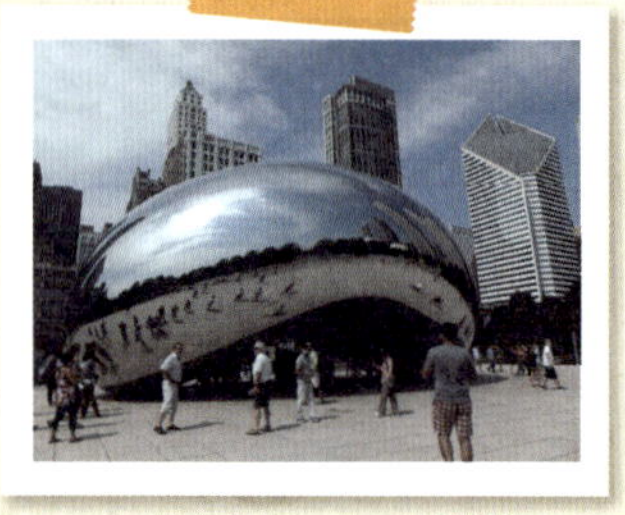

クラウドゲートの外観

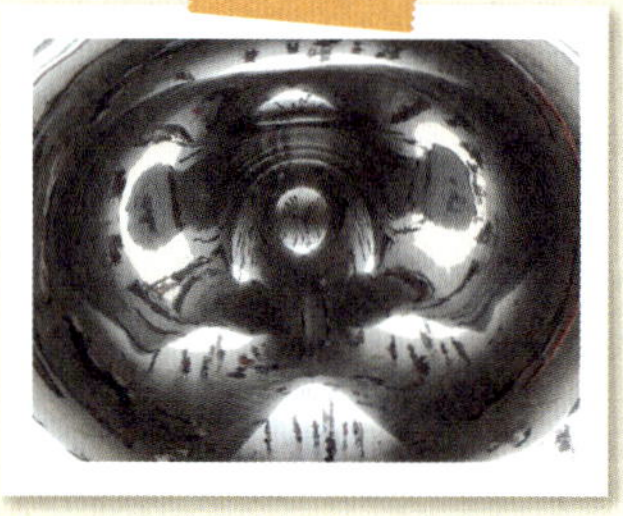

クラウドゲートの内側。まさに『鏡地獄』のよう

クラウドゲートの下はこんな感じ

入り口には、難波橋にあるライオンによく似た像が二頭置かれており、白い石造りの建物からは、リキテンシュタイン展の垂れ幕が下がっていた。

「ここには、マネやモネ、ロートレック、モディリアーニ、エル・グレコの絵画があるらしいよ」

「全部見て回るとどれくらいかかりそう？」

「地下にはミニチュア博物館みたいなのもあるらしいし、ざざっと通り過ぎるように見ても三～四時間くらいじゃないかな。だから重点的に見たいものを選んで回ろう」

さすが大きい国は美術館の規模も大きいんだなと、あまり作家としては感受性が豊かとはいえない、見たまんまの感想を頭に浮かべつつ、チケットを受け取ったカウンターでもらった地図を広げてみた。

館内は特定の絵画以外は、フラッシュをたかなければ撮影可だと係の人に知らされ、カメラを取り出して首から下げて、まずは東洋美術が主に飾られている場所から見ることにした。

迫力のある曽我蕭白《そがしょうはく》の馬の絵を見て息をのみ、雅楽の面やシルクロードを渡って来たと思わしき陶器でできた駱駝《らくだ》を眺め、荒々しい鑿《のみ》の跡が見て取れる仏像の解説文を辞書片手に読み取ろうと苦心していると、夫がモルテンっぽい物があると、薄淡い水色の陶製の水差しを指さして教えてくれた。

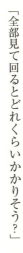

それは、まぬけな顔をしている鳥の背中に小さい人が乗っている水差しで、人を乗せている鳥ということで、モルテンと共通する点があったが、この男はどこでもモルテンのことを考えているのだろうかと思うと少し眩暈《めまい》がした。

陶製のモルテン

東洋のゾーンを抜け、階段を上がるとロートレックの絵がどうってこともない物ように飾ってあった。中には硝子《がらす》の嵌《はま》っていない額の中に納まっている絵もあり、観覧者も少なく間近でじっくりと思う存分見ることができた。

他のマネやロートレックや、ゴーギャンなどの絵画も同じような扱いで、後ろに並ぶ人を気にせずにゆっくりと見られたことは大変気分が良かった。

そんな中、夫と私の二人が同時に立ち止まってじっくり眺めた絵がひとつだけあった。

それは、豚が蛇を食いちぎろうとしている油絵で、著者の名前は覚えが無かったのだけれど妙な迫力があった。

「なんで豚と蛇が戦ってるんだろう?」

「豚って蛇食べたっけ?」

「何かの風刺画なんじゃないかな?」

結局、この後も沢山名画を見たのだけれど、二人揃《そろ》って一番印象に深く残ったのは「豚VS蛇」の絵だった。

誰が描いたのか、タイトルすらも覚えていないが、豚と蛇の絵はいまだにありありとイメージの中で詳細な色彩まで思い出すことができる。

言っておくけれど、別に私も夫も特に豚や蛇が好きということではない。

シカゴ美術館からホテルまでは、ゆっくり歩いて帰ったのだが、途中何故か急にゾクゾクと寒気に襲われ部屋に着くなりコテンッと横になった。

夫から、そろそろマスカレードが始まる時間だと告げられたのだが起き上がれそうになかったので、先に行ってもらうことにした。

知らない作者の
「豚VS蛇」名画

博物館にあった
ミニチュアの部屋

二時間ばかり横になり、目が覚めるとよろよろと剣心の姿で這うようにして会場に向かった。
途中、袴《はかま》の裾を踏んで転んでしまったのだが、幸いなことに誰ともすれ違わなかったので、私の間抜けな姿は目撃されずに済んだ。

マスカレードの会場に到着すると、イベントはほぼ終わってしまっていたのか、少し仮装をした人がいるだけで、舞台上のスクリーンでは過去のイベントの様子なのか、『ロード・オブ・ザ・リング』の木の巨人エントの恰好をした人の姿が映し出されていた。

三メートルほどの超巨大なエントのコスプレをした人がのすのすと動く映像を見ていると、画面が切り替わり、今度はエイリアンのコスプレをした人がパワーローダーを纏《まと》った人と戦いを繰り広げる姿を上映し始めた。

「パワーローダーまでいくと、コスプレかどうか分からなくなるね」

暗い会場の中で、いつの間にか夫が横に立っていた。

「顔色が悪いし、部屋に戻った方がいいよ」

私は頷き、部屋に帰る前に二度ほど転びかけたが、なんとか今度は踏みとどまることができた。

体調を万全にしようと、日本から持ってきた葛根湯を白湯とともにゴクリと飲み、ベッドに沈み込むと不安と後悔がじわじわと広がっていくのを感じた。

明日はワールドコン最終日で、ヒューゴ賞の発表がある。そして明後日は『カリフォルニア・ゼファー』でサンフランシスコへ旅立つのだ。

これから長旅が始まるというのに大丈夫なのだろうか。

まだ、ホテル内を少し散歩して、市内観光をしただけなのに、これは不味《まず》いのではないだろうか。

日本にいた時、暇な時間に、ゲームでゾンビと戦っていないで外でウォーキングでもしておくべきだったんじゃないだろうか。

ゲームの中でゾンビと戦えても、現実じゃ風邪のウィルスにすら負けそうじゃないか。

夜半過ぎに、氷の入った飲み物が欲しくなったので、冷蔵庫をホテルの部屋中探したのだが見つからなかった。

テレビ台の扉を開けると、むき出しのコンセントが絡まって収まっているだけだった。

仕方がないのでフロントに冷蔵庫が部屋にないと伝えると、ごめんなさい、今冷蔵庫のサービスは行ってないのと返された。

電話を切った後に、冷蔵庫と氷のイラストを描いて、「プリーズ」と書き添えたところで力尽きて再び眠った。

翌日の昼過ぎに、傷だらけの冷蔵庫が部屋の隅にデンっと置かれていた。

この部屋に辿《たど》り着く前に、エイリアンとでも戦ってきたのかもしれない。

第6回　モルテン、西の風にのる

部屋の入口の側に置かれた冷蔵庫は、冷やす力は控えめだったが、モーター音は控えめでないという厄介な代物だった。

それでも頭を冷やすタオルを入れるなど、最低限の役には立ってくれた。

「あたま〜が〜重い〜、体がだ〜る〜い〜」

翌日は一番ヘロヘロな状態だったので、レッドブルを啜《すす》りながらパンをモソモソと齧《かじ》った後に、ワールドコンのヒューゴ賞を気力を振り絞って見に行くことにした。

ヒューゴ賞は、ワールドコンの参加者の投票によって決定される。

最も古く由緒あるSFの賞で、受賞作の発表はワールドコン中に開催されるヒューゴ賞の授賞式で行われることになっている。

ヒューゴ賞の会場に着くと、先日の、クッキーを食べようとして日本で蛸煎餅《たこせんべい》を買って絶望してしまった彼女がノミネートされていて驚いた。

でも、彼女の名前をノミネート・リストで見つけることができても、本人の姿を見つけることはできなかった。二、〇〇〇人が入るという集会場は超満員状態で、私も後ろの方の人垣をすり抜けるのがやっとという状態だったからだ。

そんなわけで、脳波で動くという猫耳姿の日本人ＳＦ＆怪談作家の立原透耶《たちはらとうや》さんとも事前に会う約束をしていたけれど、すれ違いで会えなかった。

薄暗い館内の中には、エルフ耳やスチームパンクな、歯車のついた帽子を被っていた人がおり、猫耳が特に目立つ状態でなかったのも理由のひとつだ。

最終日の大きなイベントだけあって、どっからこのＳＦファンの人たちは湧いて来たんだろうというほど、すごい熱気で会場は溢れ返っていた。

ロケット型のトロフィーを誇らしげに持つ受賞者の姿は輝かしく「三〇年以上、ＳＦの世界に携わっていたけれどノミネートは初めてなの、だから受賞も初めて」と語る女性の目が潤めば、皆も目頭にハンカチを当て、受賞者が微笑めば、見ている人も同じように微笑み返し、司会を進める作家は、ノミネートされながらも受賞を逃したことをユーモラスに語り、温かさをじんわりと感じさせるとても良い授賞式だった。

翌朝、不思議なことにケロリと風邪は治っていた。

お昼前に夫と私は、ホテルのチェックアウトを済ませ、タクシーで駅まで向かうことにした。

駅の近くには、これまた奇抜な建物が建っていて、カメラのシャッターを切る人も多くいたのだけれど、駅自体は平凡な作りでとくに面白いと思えるようなものは無かった。

私は駅の中の売店でサンドウィッチの簡単な昼食を済ませ、電車の発車までの数時間を待合い室で過ごした。

駅の中は連休後だったせいか、人だらけで空いている椅子が無かったので、スーツケースの上に座ることにした。

案内版。出発は午後14時

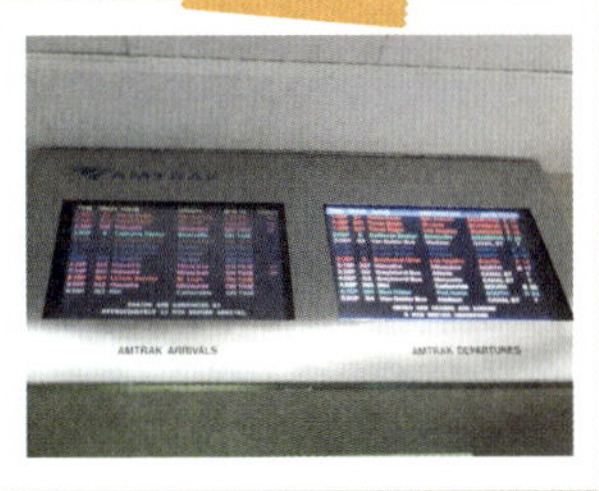

時刻表

電車の出発まではまだまだ長い。

夫は文庫本を取り出して読んでいる。

私はコーヒー色をした水なんじゃないかと疑いたくなるような、薄いアイスコーヒーを売店で購入し、やることも無いので周りの人たちの観察を始めた。

家族連れが全体の三割程で、他は熟年夫婦が多く、若者の一人旅も少々。

長距離の旅に備えて用意して持って来たのか、機関車トーマスの毛布をマントにように翻《ひるがえ》しながら走り回る子供たちが追いかけっこをしていた。

人が多いせいで、待合い室の湿度は高く蒸し暑い。

フェイク・ファーだと思いたいが孫悟空のように虎の毛皮を腰に巻いて、手にランプを持った片目眼帯の老人がパイプを嚙《か》みながら立っていた。

しかも頭には大鷲の羽が刺さったカウボーイハットを被っており、只者ではないと思って眺めていたのだが、少し目を離した隙に消えていた。

いまだに写真を撮らせてとすぐにお願いしなかったことが悔やまれる。

ピカチュウのTシャツに、スポンジボブのリュックを背負った、ニキビだらけの青年の横に、半分お尻が見えているホットパンツにTバック、ピンの刺さった皮ジャンを纏《まと》った少女がいて、カップルにしては変な組み合わせだなあと思ったら、ふたりの両親らしき人が現れた。

どうやら姉弟だったらしい。

弟の方が、熱心に姉に「モーニング娘。」の素晴らしさを説いていたが、姉は興味が無いらしくまったく聞いていないように見えた。

待合い室には私と夫以外はアジア系の人はおらず、英語以外の言語も聞こえてきたけれど、どうもそれはスペイン語やドイツ語のようだった。

見た感じの印象で言うと、家族で来ているのはアメリカ人が多く、老夫婦はヨーロッパ系の人かカナダ人。

カナダ人と思わしき人々は胸にカナダの国旗のついたツアー・バッチを付けていたので、カナダ人ということにした。

そんな人間観察を続けていると、髭《ひげ》もじゃの顔のおじさんが私に話しかけてきた。

服装は麻のズボンにチョッキ、どことなく『大草原の小さな家』に出てくる登場人物のような恰好だなと感じた。

「カリフォルニア・ゼファーに乗るにはここでいいんですか？」

「いいと思いますよ」

「今の時刻を教えていただけますか？」

「午後一時過ぎですね」

「ありがとう、あなたはとても親切ですね」

おじさんは、トウモロコシの髭《ひげ》のようは顎髭を撫ぜると「おーい、こっちで合っているそうだぞ」と、手を大きく振って外に待っていた家族を待合い室に呼び寄せた。

その家族というのが二〇〜三〇人程の大世帯で、皆青や薄い水色の服を着ていた。木の枝を編んだバスケットを手に持ち、赤ちゃんをキルトで包む姿を見て、私はやっと彼らがアーミッシュであることに気が付いた。

本や、テレビでその存在は知っていたけれど、なんとなく遠いというか、どこか今の世の中では現実感がない人々のように思っていたので、普通に微笑み会話する人たちを見ていると不思議な感情が湧き上がってきた。

私なりのいい加減な説明になるけれど、アーミッシュは、キリスト教のプロテスタントの一派で、近代文明社会と距離を取り、一八世紀か一九世紀頃のままの自給自足の生活を営んでいる。

車や電気や電気製品は使わず、暴力を嫌い、怒らず、平和主義で運命論を信じ、基本的に大家族主義。女性は化粧をしてはならないなどのさまざまな戒律があり、着る服の色も決まっているそうだ。

写真に撮られることも嫌うという話を読んだことがあったので、私は彼らに写真を撮っていいかという問いかけを試みるのは止めておいた。

赤ん坊を包んでいたパッチワークは、波のような紋様が連なり、色が淡いグラデーションになっていて、とても美しかった。

みんな淡くてきれいな青や灰色の布の服を着ていたが、きっと自然染料で手染めによる生地で作られたものに違いない。

アーミッシュキルトは、大変有名なのだけれど、着古した布を使い少しずつ仕上げていくそうだ。赤ん坊を包んでいる布は、きっと何世代もの人々が着てた布が使われているのだろう。

アーミッシュの子供のひとりがやって来て、私の iPhone をじっと見ていたので、画面を見せると「これ、時間も分かるんだね」と言ってニコッと笑った。

決して怒らないという戒律のせいなのか、みな人なつっこくて感じのいい人たちだった。

「内陸部にはアーミッシュの人たちが大勢住んでいるらしいよ。この人たちはこれから、そこに帰るのかも知れない」

現代文明に触れてはいけないという人が電車に乗って旅をするのは、少しアンバランスな印象を受けた。

大家族の中で一番年配と思わしき女性が、プラスチック製のクーラーボックスの上にちょこんと座って、三段重ねのアイスクリームをとても愛おしそうに舐《な》めていた。

そういえば昔読んだアーミッシュの話では、彼らは主に馬車で移動すると書いてあった気がする。

「思い出したんだけど、アーミッシュって電気使っちゃ駄目なんだよね。でも電車での移動はＯＫなのかな?」

「アーミッシュはみんなで、話合って決めるんだよ。何が良くて悪いか、使っていいかどうかをね。ずっとそうやって暮らしてきたんだよ。だから、アイスクリームもプラスチックの容器もそうして使っていい物のひとつに加えたんじゃないかな。
　別に現代の物を批判したり、拒絶いているわけでなく、慎重に選んでいるだけってことになっているらしいよ」

「へえ、そうなんだ」

「君はアーミッシュのことを何で知ったの？」

「えーっと『ゴルゴ13』の作品であったのがきっかけかな、確かタイトルは「パッチワークの蜜蜂」あとはWikipediaかな、TVでも見た気がする。本もあったよ、そっちはタイトル思い出せないけど」

夫がやれやれといった表情を浮かべて、文庫本に視線を戻して再び読み始めた。

アーミッシュの人々は、規律で聖書以外は読めないらしい。

長旅の間、彼らはどうやって時間を潰すのだろう。

世の中が彼らのような人たちで溢れてしまったら、本はどうなるのだろうか、そして、信仰は……。

答えの出ない問答を繰り返すうちに改札開始のベルが鳴り、アナウンスが始まった。

薄暗い改札のゲートをくぐると、銀色の車体を鈍く光らせる電車が何台も並んでいた。
これから二泊三日間、この中で過ごすことになる。

駅に並ぶカリフォルニア・ゼファーの銀色の車体

アムトラック

「長旅だから個室を取っておいた。二人部屋だけど、広さはどれくらいなんだろうね」

「電車で長旅をしたことってあるの？」

「昔、修学旅行が京都と奈良で、札幌から電車で往復一週間の旅だったよ。あれは今考えると引率の先生は大変だったんじゃないかな。寝台車で眠れない子もいたしね」

「うわっ、それはすごいね」

「ヨーロッパに行った時にも少し電車に乗ったけど、風景がずっと北海道みたいで退屈だったなあ」

それからしばらく夫の電車旅に纏《まつ》わるエピソードの話が続いた。
スーツケースをガラガラと引っ張りながら、どこまでも続くかと思うような、長い長い電車のしっぽの方にやっと着き、切符を見せると係員の人が、私たちの部屋はこの車両の二階だと教えてくれた。

これから長い電車での旅が始まる。

どこまでも続く、長い車両

第7回　揺れまくるアメリカの車窓から

かなり急な階段を、重いスーツケースをずりずりっと引きずりながら上がり、細長い廊下を通ると二泊三日を過ごす予定の個室についた。

スーツケースの一つを座席の下に押し込み、夫はごろんとベッドに横になると再び本を読み始めた。本なんてどこでも読めるじゃないかとからかうと、夫は米国に来てから本を読む速度が落ちたことと、読みたい本がたまってきたんで、じゅんぐりに片付けなきゃやってられないというようなことを言って、毛布を膝《ひざ》までたぐりよせた。

きっと、こりゃ構うなというポーズなのだなと思い私は電車内をひとりで探検することに決めた。

電車の出発時間まではまだ一〇数分ある。

個室の外の廊下は細長く、二人がすれ違うのがやっとといった感じだった。

列車の長い廊下

荷物置き場

動き始めた

窓は大きく、写真を撮っていると隣の個室から上品な老夫婦が出てきて、私たちも撮ってもらえない？　このカメラ日本製らしいんだけど、とってもややこしくって……とCASIOのデジカメを取り出しながら頼まれた。あまり機械に詳《くわ》しくないので、残念ながら何度かシャッターを適当に押すことくらいしか協力できなかったが「いいのよ〜、気にしないで〜」を連呼していたので、深く悩まないことに決めた。

それからラウンジカーを通り、売店に行ってみたが閉まっていたので、しょうがなく個室に戻ると電車が「ガッコン！」と大きな音をたてて急に動き始めた。

それから電車の揺れること、揺れること……。

まるで日本海に浮かぶ舟のような揺れで、線路が湾曲しているんじゃないだろうかと疑いたくなるほどであった。

横揺れは分かるけれど、この縦揺れはなんだ？ 脱線したりはしないのか？ と頭の中に「⁉」が連続で浮かび始める。

夫はさっそくベッドから転げ落ちそうになっているし、私も何度か壁に頭をぶつけてしまった。

「ここの個室のソファーは、二段ベッドに変形するって書いてあるけど、上の段に寝てて大丈夫なのかな」

「いや、まずいっしょ。でも、僕たちは寝台車だけど、普通の座席もあって、そこで二泊三日を過ごす人もいるみたいだから、この揺れがずっと続くようなら椅子で寝るよ。

何度もベッドから落ちるのはごめんだからね」

本を読むことを半ば諦《あきら》めたっぽい夫は、個室に備えつけの椅子に座り、窓の外に視線を向け始めた。

電車はまだ街中を走り続けている。

しばらくすると、個室のドアが軽く二回ノックされて笑顔の眩《まぶ》しいラテン系の女性が顔を出した。

「こんにちは！ 私があなたたちがサンフランシスコに到着するまで、乗務員として手助けを担当するトレイシーよ！ トイレとシャワーはここの個室にもついているけれど、下の階にも共同のがあるの。レストランは予約制で、あとで予約を取りに来るわ。売店は開いてる時間になると社内アナウンスがあるから気を付けて聞いていてね。廊下にあるドリンクは無料で飲み放題。コーヒーとミルクが置いてあって、お湯もあるから紅茶も飲めるし、お水のボトルもあるから。かごの中に置いてある、チョコとキャンディーも好きなだけ取っていってね。写真を撮るなら、電車の最後尾から撮るのがおすすめよ。何か質問があれば、ここにある呼び鈴を押してね、すぐに駆けつけるから。チャオ！」

早口の英語だったので、どれだけ聞き取れたのか、自信はないけれど、大まかに纏《まと》めるとこれだけのことを言って、彼女は風のように立ち去っていった。

読書中

サービスのお茶とコーヒー

シャワーとトイレが部屋にあると言っていたので、はて、そんなスペースあるかな？　とあちこちの収納スペースの棚を開けてみると、どういうわけかトイレとシャワーの両方がついていた。

もう少し詳しく説明すると、便座の一メートル上にシャワーノズルがついていたのだ。

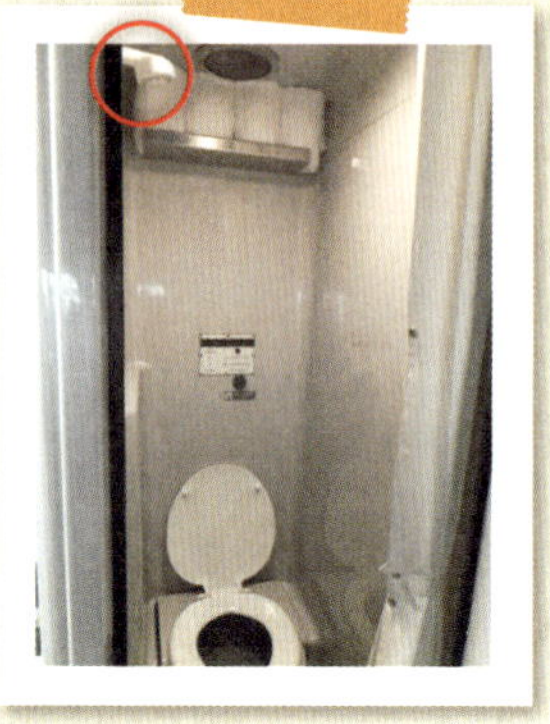
衝撃のシャワー付きトイレ

シャワー

「えええええ、ここで便座に座ってシャワーを浴びろってことなの？　仕切りのカーテンもないし、ここで浴びると便座がびしゃびしゃになるよね」

「ここはトイレだけ使ってシャワーは下の階にある共同のを使えばいいよ。

ま、僕はトイレも別にある共同スペースのを使うつもりだけどね」

「うーん、なんか便秘になってしまいそうだなあ」

「そういうことは口に出さなくっていいから」

車窓の風景はいつの間にか変わっていて、綺麗なプール付きの豪邸が建ち並んでいる。

一軒一軒、飾り窓のある家をぼんやりと眺めているうちに、急に工業地帯に差し掛かり、あっと言う間に見渡す限りの畑に変わった。

この間、一時間も無かったと思う。

「なんだか映画の早回しを見ているみたい」

いつの間にか、枕を使って器用に体を固定して読書を開始している夫に向かって呟《つぶや》くと、彼は一言「そうだね」と応えてくれた。

「よくこの揺れで本なんて読めるね、揺れに慣れているの？」

「別に慣れてるってわけじゃないけど、学生時代は船で実家に帰省してたりもしたから。
仙台から札幌行きも割と大変だったかな。
それに君だって最初と比べれば、随分とこの揺れが気にならなくなってきてるでしょ」

そう言われればそうかなと思いつつ、椅子に戻って車窓を眺め続けていると、食堂車係の人が来て、ディナーは何時が良いかと尋ねてきた。

今日はずっと電車内でじっとしていただけで、空腹というわけではなかったので、晩ご飯は遅めの時刻にしてもらった。

「私、駅弁以外で電車の中でご飯食べるのって初めて」

「どんなものが出るんだろうね、この揺れの中で料理とか給仕とか大丈夫なのかな」

そんなことを言っているうちにだんだんお腹が空いてきてしまい、もっと早い時間に食事を予約するべきだったと早くも後悔し始めていた。

やがて、頭の中でいろんなメニューが浮かんでは消え、車窓の外の無限に広がるとうもろこし畑のとうもろこしすら、茹《ゆ》でたり焼いたりすれば美味しそうだなと思いながら、眺め始めている自分に気が付いてしまった。

オリエンタル急行のような食堂車だといいなと考えていると、肉が焼ける香ばしい匂いが鼻に届いた。

ディナーまではあと二時間ばかりある。

車窓を眺める田辺さん

一面のトウモロコシ畑

第8回　食堂車でディナーを満喫しましたよ

実際に予約した時間よりも、三〇分遅れでアナウンスの呼び出しを受け、私と夫は食堂車に向かった。揺れはますますひどく、時々廊下で体をぶつけながら進んだ。

廊下ですれ違うお年寄りたちは、両手を廊下の両サイドについて、ちょっとずつ慎重に歩いている。私はどうもすみませんねと断ってから、彼らの腕の下をアーチのように潜り、ちょっとした冒険のような行軍の末に、食堂車に辿《たど》り着いた。

食堂車は大変な賑わいで、ほぼ満席だった。

テーブルの数は三〇ほどだろうか。食べ終えた後の食器を揺れの中で、芸術的といっていいほどのバランスで積み重ねて運んでいた給仕は、私たちの方をちょっと見やると、ここに座ってと一つのテーブルを顎《あご》と視線で指した。

私たち二人が座ると、後から来た夫婦も同じ席に通された。

銀色の髪に胸には薔薇《ばら》をあしらったワンピースの夫人と、背の高いちょっとシャイな雰囲気漂う夫は、淡い桃色の薄手のセーターを着ていた。

私の目の前に座った夫人は、優しく微笑むとゆっくりと優しい口調で話しかけてきた。

「優雅な電車旅かと思っていたら、アドベンチャーツアーだった気持ちよ。あなたたちはご夫婦？　旅行中なの？」

「わたしたちは夫婦で、旅行中です」

ガタンゴトンと揺れ響くので、大きめな声で一つ一つの質問に答えなくてはならなかった。

「あら、そうなの。あたしたちもそうよ、よろしくね」

給仕がメニューを持ってきてやって来た。よほど忙しいのか、まるで全力疾走をしていたかのごとく、肩で息をしている。

「ぜーはー……お飲み物は何にしますか？　ここにあるリストから選んでください」

ここまで疲れ切っている人を見てしまうと、手間のかかるものは注文できないと思い、私は夫と同じものを頼むことにした。

目の前の夫婦はメニューをじっくりと眺めた後「この揺れはいつもなの？」と聞いていた。

メニュー

給仕担当者が「いえいえ、これは稀《まれ》なことです。その中でできる限りベストを尽くしている最中です」と答えると、夫人は女王陛下のような口ぶりでオーダーを始めた。

「あたしはスパークリングワインを、キリッと冷やしたのを頂戴。夫にはメルローで、チキンのハーブ焼き。あたしはクラブ（蟹肉）・ケーキをお願い」

私と夫はシャルドネのグラスを頼み、肉とイモを焼いたものを頼んだら、焼き加減まで聞かれたのでとりあえずミディアムでと頼んだ。

「この混雑と揺れで焼き加減の調節なんてできるのかな」

「さあね。黒焦げのが出てきても、それもそれで旅の思い出で面白いんじゃないの?」

「飲み物を持ってきました。ひとりがスパークリングワインで、ふたりがシャルドネで、ひとりがメルローでしたね」

給仕の人が小さなワゴンの上に載ったボトルから、一滴も零《こぼ》さずワインを注ぐ様子はまるでひとつのショーのようだった。

心の中で小さな拍手を送りつつ、シャルドネをひと口飲むと、とても美味しかった。

「電車の中で飲むワインだから、全然期待してなかったけど、美味しいね」

「ラベルを見るとカリフォルニアのワインだね。

カリフォルニア・ワインは、最近レベルの高いワインを作っているんだ。以前、ラベルを見せないブラインド・テイスティングをフランス・ワインとカリフォルニア・ワインでやって、カリフォルニア・ワインの方が美味しいって評価された話があったけど、これは確かにいいね。

サンフランシスコに入ったら、カリフォルニアのワインを頼もう」

ふたり揃《そろ》って、家ではめったにワインを飲まず、飲むことがあってもコンビニで売っているハウスワイン程度なので、あまり味の評価は当てにならないけれど、電車の中で飲んだワインは本当に美味しかった。目の前の夫人も満足そうに、目を細めてスパークリングワインを味わっている。電車という特別な区切られた空間が、ワインの味を美味しくしてくれているのかもしれない。

ドリンクメニューには、カクテルもあったけれど、ほとんどの人が赤か白ワインを頼んでいた。

「サラダができあがったから配りますよ、ドレッシングはここから選んでね」

飲み物の次には、サラダが運ばれてきた。

このサラダがなかなかワイルドで、胡瓜《きゅうり》とレタスとトマトをとりあえず皿に突っ込んでみたような感じだった。

レタスも、トマトもそれなりに美味しかったのだが、胡瓜の皮が林檎《りんご》のように分厚く、選べと言われたドレッシングは、小分けの袋に入ったもので、すべてがポール・ニューマンブランドだった。

ワイルドなサラダ

ドレッシング各種

次に運ばれてきたのが、メインディッシュ。

正直言って見た目は悪かったけれど、お肉の焼き加減はちゃんとミディアムで、付け合せのマッシュポテトは胡椒《こしょう》とガーリックの風味が効いていて、とっても美味しかった。

メインディッシュのお肉

空腹のせいもあって、目の前の老夫婦の三倍ほどの速さで食べ終えると、今度はデザートはどうですかと、さっきよりも倍以上疲れて見える、へとへとになった給仕がやって来た。

「バニラにラズベリー、ストロベリーアイスクリーム、レモン・パイ、アップル・パイ、チョコレートクランチ、さあどれ？　コーヒーもありますよ」

私も夫もほどよくお腹が一杯だったので、デザートを断ると、ではもう一杯ワインはどうですとすすめられたので、そちらはお願いすることにした。

開けてから時間が経ったせいか、さっきと少し味が変わったようにも感じたけれど、十分に美味しいワインだった。

給仕の人に感謝の言葉を伝え、ちょっとだけ多めのチップを残すと、老夫婦に、おやすみなさいと言ってから席を立った。

最初はそれほど期待していなかったけだけに、美味しい食事はとても嬉しかった。

ご飯によって旅の楽しさはずいぶん変わってくるからだ。


ワインの度数が高かったのか、それとも揺れのせいか、気持ちいいほろ酔い気分で個室に戻り、部屋の座席に腰かけた。

窓の外はとっぷりと日が暮れて、丸く白い盆のような月が浮かんでいる。

夜は月明かりがとても綺麗で、部屋の明かりをつけなくとも白い光りがぼんやりと辺りを照らしてくれた。

電車は荒れ野に差し掛かったのか、車窓の外には平らな大地以外何も見えない。

でも、時々遠くにオレンジ色の明かりがチラリと見え、すぐに過ぎていく。

ああいう場所に住んでいる人はどういう気持ちなんだろうか。

遠くの窓から時折通り過ぎる電車の明かりを見て、眠りに就くのだろうか。


いつの間にか気にならなくなってしまった揺れの中で、私は夢の中に落ちた。

第9回　ぷいぷいペンの喪失

朝の四時くらいに目が覚めた。

不思議と爽やかな気持ちで、車内はちょうど良い温度に冷えている。

夫はまだ寝ていたので、収納の棚の中から音をたてないようにそっとタオルを抜き出して、階下のシャワールームに降りて行った。もう目が覚めている人が割といるようで、あちこちから静かな話し声が聞こえてきた。

シャワーは、やや蛇口が硬くてひねり難いことを除けば水量も勢いも文句なしで、スカッと頭から足元までサッパリできて爽快な気持ちになれた。

「おはよう、昨日はよく眠れた？　早起きなのね」

乗務員のトレイシーが、真っ白なタオルを抱えて挨拶してくれた。

きっと彼女はこの車両全てのサービスを担当しているのだろう。

どこかでピンポンと呼び出しベルの音が鳴り、彼女は素早くパパッとタオルをシャワールーム横の棚に揃《そろ》えて入れると、最初に出会った時と同じく風のように立ち去っていった。

部屋に戻ると夫が起きていて、窓の外の草原から昇る朝焼けを眺めていた。

紅く染まった白っぽい草が風に揺れて、なびいている。


それから歯を磨いたり、サービスのコーヒーを飲んだりしているうちに、ドアが二回ノックされて、朝食の時間をいつにするのか聞きに、食堂車係の人が現れた。

「昨日は嵐のような忙しさでしたよ……朝食は何時にされます？　と、言っても順番に予約を取っているんですがもう六時や七時の枠は埋まっちゃってるんで、八時以降、できれば九時か一〇時以降にしてくれませんか。そうしてくれると、大変ありがたいんですよ。次のデンバーで降りる人たちが早めに食べたがってるんです。下の売店がそろそろ開くんで、そちらで何かを買って朝食を済ませることもできますが、いかがします？」

私は朝食は遅めでも構わないことと、デンバーに着いた後でいいことを伝えると、食堂係の人はホッとした表情を浮かべ、何度もセンキューを繰り返して去って行った。

そして三〇秒後に、隣のドアがノックされて、さっきと同じセリフが聞こえてきた。

「昨日は嵐のような忙しさで……」

蛇のように長い電車の個室をひとつひとつ叩きながら朝食の予約を取っているのかと思うとちょっと気が遠くなった。


デンバーでは四〇分ほど停車するとアナウンスに告げられ、電車の外に出た。

体に電車の揺れが残っているのか、プラットホームをよたよたとペンギンのように歩いている人もいれば、タバコやパイプをふかしている人もいて、みんな思い思いの途中下車を楽しんでいるようだった。

標高がかなり高い駅なのだが（後で調べたところ、一六〇九メートル）そんな印象は受なかった。

「売店が開きましたあ〜。でも、いつ閉まるか分かんないから、注意して放送を聞いてね。ホットドッグにシリアル、サンドウィッチ、ヌードルもあるよ。そしてお土産もね。オレンジや林檎《りんご》が食べたい人も来てよ。飲食できるカフェテリアスペースもあるよ」

かなり砕けた感じの喋り方の放送が駅の外まで聞こえてきたので、私と夫は売店に向かうことにした。

デンバーで下車する予定の人たちが、慌ただしく大きな荷物を電車から積み下ろしている。

売店には私と夫以外にはお客はおらず、見たところ二〇前後の若者がニコニコしながら待ち構えていた。

「何を買いに来たの？　もしミルクだったら注意してね。ここの店はミルクが入っている棚の扉が異様に重くて開けづらいんだ。コツがいるから、ミルクが欲しい場合は僕が扉を開けるのを手伝うから言ってね」

夫はナッツの入った缶とスナックを、私は林檎とクラッカーの袋を手に取った。

ふと思い立って、売店の青年にさっきの館内放送でお土産があると言っていたが、見当たらないけど、何があるのと聞いてみた。

「えーっと、ちょっと待ってね。有るはずなんだよ、何か……だってここに書いてあるし……」

青年は「お土産」という単語を繰り返しながらあちこちを探り、あったよ！　と取り出したのは、鉄道会社のロゴの入った帽子と毛布だった。

「これ、すごいレアだよ。だって買っている人、見たことないもの」

青年は臆面も無くそう言い放ち、私はロゴの入った帽子を買うことにした。

ついでに毛布はとすすめられたが、そちらは買わないことに決めた。


そうこうする内に電車は再び動き出し、部屋に戻ってぼんやりしている間に朝食の時間となった。

この電車に乗る前は、退屈な時間をいかに車内で過ごすかということを、真剣に考えていた。

でも今のところ、体が電車内の時の流れにあってきたのか、意外と退屈せずに過ごせている。

昨日と同じ給仕の男性が、朝ごはんのメニューを配り、コーヒーとジュースと水はサービスですが、それ以外は追加料金を頂きますと説明してくれた。私はとりあえずコーヒーを頼んだ。お砂糖は二杯とミルクを少々。

デンバーで降りた人が結構いたはずなのに、食堂車は相変わらず大盛況で、私はポークソーセージとパンケーキのセットを頼んだのだが、出てくるまではかなりの時間を要した。

周りの乗客の中には、料理の出てくる遅さに文句を言っている人もいたが「我々はやれる中でベストを尽くしています。もう戦場ですよ下は……」と頼りない声で答える給仕の姿を見て、それ以上は何も言えないようだった。

きっと車内のシェフが疲労困憊《こんぱい》しているに違いない。


さて、やっとやって来た朝食なのだが、パンケーキは私が想像したのと同じものがやって来たのだけれど、ソーセージはそうではなかった。

豚肉のミンチを腸に入れて茹《ゆ》でただか、焼いただかしたもの……ではなく、豚肉のミンチをお好み焼きのように平たく鉄板で焼いたのが出て来た。

ひと口食べると、豚肉と微《かす》かな塩の味しかしなかったので、ケチャップをかけて食べることにした。

パンケーキにはバターとメープルシロップのチューブが添えられていたので、これをかけろということなのだろうけど、何ともいえない組み合わせだなと思った。どちらもケチャップの味には合わない気がしたからだ。

夫はトーストと卵を頼んでいたので、とくに何の意外性も無く、ジャムとバターをパンに塗りつけて食べている。

朝食というか、ブランチを食べ終え、部屋に戻ると、私はこのエッセイのメモを書きはじめた。

黄色いバンドのついた、長年愛用している灰色のノートに、ペンで「ケチャップ、パンケーキ、平たくて丸いソーセージ」などと、忘れないようにキーワードだけを書きとめておく。

朝食の、パンケーキと
想像とは違うソーセージ

停車中

使っているペンは関西のローカル番組『ちちんぷいぷい』（毎日放送）の「ぷいぷいさん」という赤と黒の帽子と服がトレードマークのキャラクターが付いたペンで、書き心地が良くてとても気に入っている。

黒インクだけでなく、赤いインクのペン先も入っているノック式のボールペンなので、私は編集者から校正の原稿が返って来た時もこれで直している。

このペンは非売品で、夫が『ちちんぷいぷい』に出演した時に記念としてもらった物を強請《ねだ》って、自分のものにして使っているのだが、今からこのペンのインキが無くなった時のことが心配で仕方がない。

今朝の食事や売店のことを思い返しながら引き続きメモを書いていくうちに、二の腕がヒリヒリと痛みを感じ始め、赤くなっていることに気が付いた。

窓側に近い左腕だけが真っ赤になっていて、右腕はなんともなっていないので、どうやら差し込む日の光のせいらしい。

愛用の「ぷいぷいさん」
ボールペンとノート

首の辺りもチクチクし始めたので、スーツケースの中から日焼け止めを取り出して塗りたくった。昼の日差しに数一〇分照らされただけで、これでは堪《たま》らない。

車内の温度は暑くはなかったけれど、車窓の外は赤白い大地の砂漠で覆われている。

もしかすると、外気温はとんでもなく高くて日差しも紫外線もハンパないのかも知れない。

顔に触ると鼻の皮が薄く剥《む》けたので、大慌てで顔にも日焼け止めを塗りたくり、ぬるぬるする指でペンを持ち、記録を続けた。

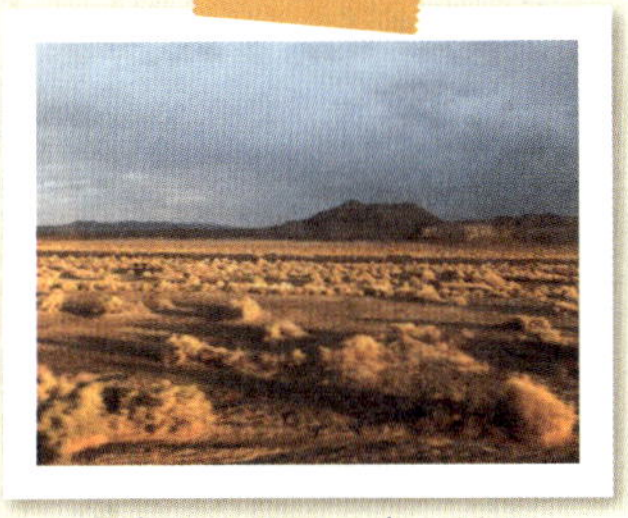
車窓から見える赤い荒野

途中、急に岩山に差し掛かり、車内は真っ暗で非常口のサインだけが緑色に光って見える状態になって、記録を中断しなくてはならない場面もあったが、忘れないうちになんとか最低限のことはメモすることができた。

生ぬるいコーヒーを啜《すす》り、荒れ果てた大地の風景を見てから、私はやっと気が付いた。

愛用しているペンについているマスコットキャラクターの「ぷいぷいさん」の顔が無残に溶け、爛《ただ》れていることに。

きっと、日焼け止めとプリントのインクだか、プラスチックだかが反応してこうなったのだろう。

すっかり関西の愛嬌のあるお馴染みのキャラクターから、ホラーなクリーチャーへと変貌を遂げた表情の付いたペンで、私はこの先の旅の記録を書き連ねていくことになってしまった。

夜明け

トンネルの中、
浮かび上がる非常口サイン

第10回　赤い大地と川

電車はコロラド川に沿って進み始め、広い荒野から巨岩の間を縫《ぬ》うようにして走っている。

今にも落っこちそうな岩の横を電車がスレスレで通過する時は冷や汗が流れた。

トンネルとトンネルの間隔も短く、標高が高いせいか、時々耳がツンとする。

トンネル

崩れそうな岩山

岩盤すれすれを走る線路

トンネルは長いもので、電車が通過するのに一〇分以上かかるものもあった。

崖にへばりつくようにして進む電車の横で、蛇行するコロラド川では、カヤックやラフティングをしている人を大勢見かけた。

彼らは皆、電車に向かって手を振り、中には大きく手を振るあまり、川に落っこちてしまわないかと心配になってしまうような人もいた。

ゴムボートで釣りをしている人たちは、たいていが三人ひと組で、真ん中の人が櫂《かい》を持つ漕ぎ手で、前と後ろにいる二人が竿を垂らしているというスタイルが多かった。

真ん中の人だけがずっと漕ぎっぱなしなのは、ガイドの人なのか、それとも釣りよりも漕ぐのが好きなんだろうかと考えるうちに、岩場の隙間を器用に走る野生の馬を見た。

コロラド川

ゴムボート

まるで鹿のように飛ぶように駆けていた美しい馬は、電車としばらく併走していたのだが、やがて疲れたのか立ち止まり、あっという間に見えなくなった。

電車は昨日と比べると慎重に走っているのか、揺れもさほど激しくなく穏やかだ。

だが、突然ゴオッと車内にいても分かるほどの風が吹き荒れ、窓の外が舞い上げられ、白い砂で煙り始めた。

「砂嵐だ」

窓はピリピリと小刻みに震え、砂塵はしばらくの間吹き荒れた。

果ての見えない線路

乾いた大地

砂嵐

砂嵐が去ると、赤い岩肌と抜けるような青い空が広がり、次の停車駅グランドジャンクションのアナウンスが流れた。

停車した駅舎は古い煉瓦《れんが》造りの建物で、小さなお土産もの屋さんもあったので覗いてみることにした。店内でアーミッシュの人たちは、熱心に絵葉書を選んでいて、私に気が付くとシカゴ駅ではありがとうと再びお礼を言われてしまった。

停車時間は二〇分ほどで、駅舎と小さなお土産もの屋以外にはこれといって何もない場所だった。多くの人が体を伸ばしたり、お喋りしながらホームを行ったり来たりして、鈍った体をなんとかしようとしていた。

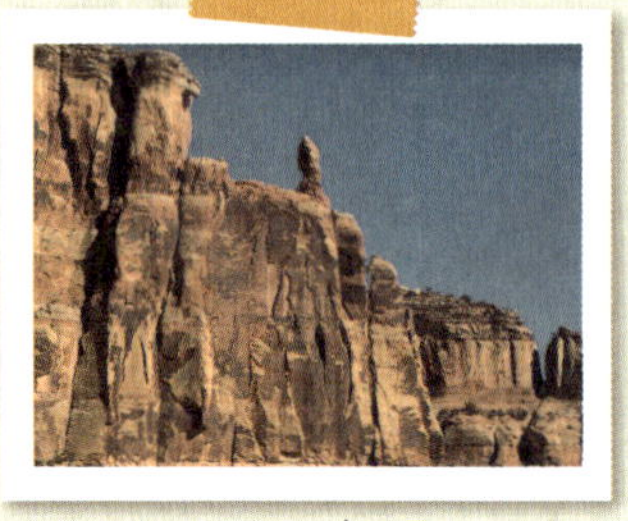

険しい岩山

途中下車

中にはホームでヨガのようなポーズを取っていた青年がいたので、眺めていたら目が合ってしまった。

「は、はろ〜」

と、ぎこちない笑顔であいさつすると、青年はジャージのズボンの裾を急に捲《めく》りはじめて刺青《いれずみ》を披露《ひろう》しだした。

「これは中国で入れた、こっちは日本」

右と左の足を交互に指さして見せてくれた。金魚と両足に巻きついた龍とリボンの刺青は、やや伸び気味の脛《すね》毛《げ》に少し隠れていたが、細かい鱗《うろこ》の細工が見て取れた。

刺青を入れても脛毛は生え続けるのだなと思いながら、

「良い刺青ですね」

と青年に感想を伝えると「カコイイデスカラ」と日本語が返って来た。

話によると青年は一人で世界中を旅しているということだった。

仕事なのかと尋ねると、趣味でと返事が返って来た。

収入は何で得ているのか、日本と中国でどうしてこの刺青を入れたのかなどを聞きたかったのだけれど、青年はこの駅で下車すると言い、小さな荷物を持って歩いて行ってしまった。

このあたりの集落は人口一〇〇人前後らしいのだが、青年はこの先どこに行くつもりだったのだろう。

電車の側では、砂塵で汚れた窓を長いワイプを使って掃除している人たちがいた。

小さな水しぶきが辺りに散って、薄い虹ができている。

窓の掃除

窓が開いていた

あっと言う間の二〇分間が過ぎ去り、再び電車は最終目的地のエミリービルに向けて動き始めた。

ちなみに、私の英語はかなり適当なので、本当は出会った人々が全然違う言葉を話している可能性もある。

海外にいると変な単語だけがやたら聞き取れるようになったり、日本語が中国語や韓国語に聞こえたりと奇妙な体験がたくさんある。

もともと聞き取りはそんなに得意な方ではないのだが、日によって英語力に差がある気がする。話をする相手の人にもよるのだろうけれど、まったく通じない時もあれば、普通に会話できる日もあるので不思議でしょうがない。

昨日通じた英単語が、今日は発音すらできなくなっていることもある。なので、このエッセイに出てくる英語は、私が感じとった範囲内での会話だと思って欲しい。

私はかなりいい加減な人間なので、夫と日本語で会話をしていても通じていなかったり、すれ違っていることがたくさんあるのだ。

第11回　荒野の娘

お昼過ぎに、晩ご飯の予約を食堂係の人が取りに来たので、六時半頃にお願いした。

すると、今までくれなかったのに晩ご飯の予約のチケットというものをもらった。

昨日のうちに何か、予約に関する手違いがあって、このチケットを導入することに決めたのか、それともまだ今まで渡し忘れていたのかは分からない。

私は六時四五分と書かれたチケットを失《な》くさないように、ノートのクリップに挟んだ。

電車旅の楽しみといえば車窓の景色と食事、そして読書なんじゃないだろうか、と私は思っている。

少し揺れが穏やかになったせいもあり、日本から持って来た本を何冊か読んでみることにした。

どういう本が、旅の間に読むのに相応しいのかは分からないけれど、なるべく一度目を通したことがあり、個人的には何度読んでも楽しめると思っている本を選んで持って来た。

そして、大事なのは気持ちを暗くさせない内容であること。

『かたみ歌』朱川湊人（新潮文庫）
『ハナシがちがう！　笑酔亭梅寿謎解噺（笑酔亭梅寿謎解噺）』田中啓文（集英社文庫）

食事の予約チケット

『昆虫探偵』鳥飼否宇（光文社文庫）

取り出した本はこの三冊で、読み終えた後、何か共通点があるだろうかと考えてみた。全て短編集であることと、著者が全員男性で六〇年代生まれであること、他に何かあるだろうかと思案するうちに時計の針が六時四〇分過ぎを指していることに気が付き、大慌てで夫とともに食堂車に向かった。

晩ご飯は、昨夜同席していた人が頼んでいて、とても美味しそうに食べていたので気になっていた、チキンを頼んだ。

味は思ったよりもローズマリーの風味が効いていて香ばしく、この料理もワインによく合う味わいで、ついつい飲み過ぎてしまった。

気になっていたハーブ鳥

今回も相席だったのだが、大変無口な人たちだったので残念なことに会話は弾まなかった。若い男女二人のようで、時々英語でない言葉を話していた。ワインリストをものすごく長い間眺めており、フランスワインは無いかと質問していたので、もしかするとフランス人のカップルだったのかもしれない。サンフランシスコに向かう車両の食堂車の中で、フランス人のカップルと日本人夫婦の出会い。私が推理小説か、スパイ小説の書き手だったら、マイクロフィルムの受け渡しだかを巡る攻防などを題材に、ここを舞台に何か書けるんだろうかと、考えるうちにワインが一本空いてフラフラになってしまった。

食後にコンパートメント席へ戻ると、酔った私は夫に思いついた壮大なスパイ小説のプロットを話した。

「私たちの前に座っていた二人が、実はフランスから来たスパイでね。あまり電車内では他人とは接触しないようにって、エージェントの上司から言われていたから無口だったんだよ。

でさ、フランスワインは何かの暗号で、ワイングラスの底にはマイクロチップが貼り付けられていて、それが取り引きだったわけ……」

こんな感じで他にも長々と喋った気がするのだが、なにせ酔っていた時の記憶なのでハッキリとしない。ただ夫は冷静に、私の話に対して、目の前に座っていた二人の喋っていた言葉はフランス語でなく、おそらくスペイン語で、私の飲む酒のペースが早く、酔って目が座っていたから、恐くて話しかけなかっただけではないかと伝えてくれた。

その後も私はぐだぐだと、マイクロチップだの、暗号だの、スーパーハッカーだの、暴走したマザーコンピューターだのと、何か言っていたらしいが、やがて燃料が切れたようにコロンと眠りに落ちたそうだ。

そして、気持ちよく眠っていたのだが、午前一時頃に夫に体を何度も強く揺すぶられて目が覚めた。

電車はいつの間にか停車していて、廊下でひそひそと話し合っている人がいるようだった。

「窓の外が真っ白だよ、見てごらん」

夫に言われるがままに、メガネを手探りして装着した後に、窓の外を見ると白い大地がずっと遠くまで広がっていた。

「雪？　綺麗だね、真っ白で」

「違うよこれは塩だよ。ここはソルトレイクだもの」

「えっ、本当？　ソルトレイクって、本当に塩の湖だったの？」

闇夜に浮かぶ、雪のような白い塩の大地を眺めているうちに、ボォーっと汽笛が鳴って電車が静かに動き始めた。

　夫は再び、昼間は椅子の役割をしていた変形式のベッドに戻り、眠る用意をし始めたが、私は目が冴えてしまったので、足元に注意しながら展望車両に向かうことにした。

　展望車には眠れないのか、四、五名の乗客が窓の側の席に座って、ほとんど闇しか見えない外の風景をただ眺めていた。

　私はとりあえず展望車の席に座り、ぼんやりとしていると、コーヒーカップを持った老人がやって来て、隣に座った。

　他にも空いている席は多くあったし、窓の外は暗闇だったので何故ここに座るのだろうと不思議そうな顔で老人の顔を見ると、彼はロジャーと名乗り少し不思議な話を語ってくれた。

「この席に座ってね、あるものを見たことがあるんです。あなたは不思議なものを見たことはありますか？　そういった物語を聞いたことがあるだけでもいいんです」

　私が頷くと老人は嬉しそうに微笑んだ。

「塩のように白い娘がね、電車と同じ速さでついて来るのを見たんですよ。浮くように静かに動いていてね、顔はこちらを向いていました。私だけなら白日夢だと思うだろうけれど、その場にいた人はみんな見ていた。私は娘はこのあたりをずっと、彷徨《さまよ》っている何かだと思った。そんな訳で、ワタシがこれに乗るのは三度目なのですが、明け方前に必ずここに座るって決めているんですよ」

「それは幽霊だったんですか？」

「分からない。ただ恐くはありませんでした。誰かが鹿じゃないかと言っていたけれど、みんなあれが娘だってことは分かっていました。人の形をしていましたからね。これで私の話は終わり」

老人はゆっくりとコーヒーカップを口に運び、視線を窓の外に移した。

私も真っ暗な闇の中で、何か見えるだろうかと目を凝らして窓の外を見た。

〝窓を見ていると、不思議なものを見る。

長い旅には何か魔法が掛かっているのだろう〟

そんな言葉が頭に浮かび、ずっと見ていても窓の外は真の闇でとくに何もなかったので、私は個室に戻ることにした。

展望車では、数人の若者が新たにやって来て、トランプゲームを言葉を交わさずに、静かに何かの儀式のように始めた。下が食堂車なのか、ガチャガチャと食器を合わせるような音が聞こえる。

もしかすると、朝食の準備を今から始めているのかもしれない。

カリフォルニアゼファーでの旅も、半分以上が過ぎてしまった。

残りの旅で、私は何を見るだろう。

振り返ると、白い娘の話をしてくれた老人は、ホットコーヒーのカップを大事そうに両手で持って、じっと微動だにせず窓の外を眺めていた。

静寂と騒がしさを併せ持つこの空間の中で、彼が再びあの娘を目撃したかどうかを、私は知らない。

朝日が昇る頃、私は再び眠り、幽霊のように白い女性を小脇に抱えた男女のスパイが砂漠で戦う夢を見た。

朝焼け

荒野の朝

第12回　電車旅の終焉と、アパートの謎

昨日の老人から聞いた話を伝え、昼前に夫とともに展望車に向かった。もう老人は座っていなかったが、なんとなくその席に座るのは躊躇《ためら》われたので、別の場所に夫と座って、窓の外を眺めることにした。

展望室

ユタ州は見渡す限りの白っぽい砂と岩と、枯れた草の風景が続く。

ただ、同じ白っぽい砂地に覆われた大地でも、一時間おきに雰囲気がガラリと切り替わり、生えている草木や様子が全く違うことが分かる。

だけど写真に撮ると、その違いが全く分からず、すべて同じにしか見えない。

砂の色、川の色、目で見るのと写真で見るのはまるで違うのだ。

とても乾いた土地で、植物も枯れた草しかない。

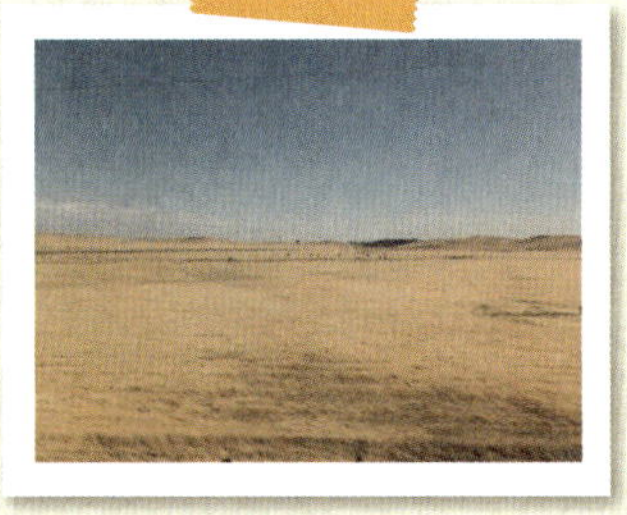

砂漠

電線ぽつん

そんな場所でも何故か入るiPhone 4Gの電波。

一日に数度の貨物列車と、観光車両が日に一度通過するだけの場所に、どうして電波の中継基地を置いたのか、さっぱり分からない。

砂漠の真ん中を通る電車の中で、YouTubeやニコニコ動画を見たり、Twitterで呟《つぶや》いたりできるのだから、すごい世の中になったもんだと思う。

携帯電話の地図アプリで見ると近くには道らしい道すらもない。

ただ、車窓から荒野の真ん中にポツンと捨てられた冷蔵庫や、どうやって持って来たのか、切り裂かれたベッドなどが見えると少しドキッとしてしまう。

近くに駅も無く、車道からも遠く、どう考えたってアクセスが容易でない場所に、なんでまたこんな大きくて重たそうな物を不法投棄したのだろう。

この世の中には訳が分からない事が多すぎるような気がする。

ユタ州からカリフォルニア州に入ると砂漠から、急に風景が森へと切り替わる。

展望車から個室に戻ると、急に凍えそうになるほど冷たい風が空調から流れてきた。

数枚服を重ね着しても堪《こた》える寒さで、下手すると電車内で凍死してしまうのではないだろうかと思い始めたので、慌てて温かい空気を求めて階段を降りて、他の車両に行ってみた。

岩山と影

カリフォルニア州の森

そちらはさほど寒くなかったので、どうやら私たちのいる車両だけに起こっている問題と知り、ほっとした。

これがもし、すべての車両だったら逃げ場が無くてプルプルと震えながら終着駅に早く辿《たど》り着くように祈るしかなかっただろうから。

個室

階段

日差しがきつい

お昼を少し回った頃に食堂車に行き、ハンバーガーを食べた。

電車の旅も最終日、給仕の人たちも疲れが溜まりきったという顔をしている。

注文もできれば、サンドウィッチかハンバーガーのどちらかにして欲しいと頼まれたので、私のテーブルにいた四人が全員ハンバーガーを頼んだ。

ハンバーガーは、パンがちょっぴり潰れかけていたのが気になったけれど、お肉はグリルで焼いたような香ばしさがあったし、間に挟まっていた玉ねぎやピクルス、トマトもしっかりしていて、食べごたえがあった。

付け合せはポテトチップスで、電車内で揚げたのか、まだ温かかった。

お昼のハンバーガー

昼食で相席になったのは、ソルトレイクから乗ってきたという老夫婦だった。

「昨夜ソルトレイクから乗って来たんだけど、あなたたちはシカゴからなの？　ま～、あなたあたしたち、途中のソルトレイクからでも長旅でウンザリしているくらいなのに始発のシカゴからなんてすごいわね。電車が大好きなの？」

そういう訳ではないけど、なんとなく一度乗ってみたかったと答えると、あたしたちもなんとなく電車を選んじゃったのよと目の前の夫人が微笑み、窓の外を指さした。

「ねえ、あの横に止まっている電車、見えるかしら？　車体にサーカスって書いてあるわ。電車で移動しているサーカスなのかしら。ねえ、あなた調べて下さらない？」

夫人にせっつかれて、夫は鞄からiPadを取り出してパコパコと硝子《がらす》面を叩き、サーカスのホームページを発見したといって、私たちにも見せてくれた。

「このサイトだと思うんだけど、こりゃどういうことなのかね。ホームページには動物のショーもあるサーカスだって書いてある。サイトのトップには象だっているが、電車に象なんて乗るもんかねえ。それとも俺が知らないだけで、手の平に乗るような種類がいるのかな。だったら、見てみたいもんだけど、どう思うかい?」

電車内をてこてこ歩く小さな象がいたら、私も見てみたいなと思ったが、たぶん動物は別に運んでるのよと、目の前に座る夫人が言い、その意見に皆がそうだろうなあと同意することになった。

それから、日本のサーカスは見たことあるかとか、シルクドソレイユに行ったことがあるかとか質問が続いた。

サーカス列車

最終日のお昼はさほど食堂車は込んでおらず、おかげでゆっくりとコーヒーまで楽しむことができた。

ソルトレイクから来た夫婦と食堂車で別れ、個室に戻ると空調は幸いなことにもとに戻っていた。窓の外は再びとうもろこし畑の光景で、予定よりも早く終着駅につくというアナウンスが流れた。隣の個室からヤッタ！　と声が聞こえたので、よほど早く着くという知らせは嬉しかったのだろう。畑の風景が、工場の風景に変化し、やがて住宅地になった。廊下ですれ違う人の表情も明るく、ホームに降り立ったらまずは逆立ちした後思いっきり背筋を伸ばしたいくらいだよ、もっとも私は逆立ちなんてできないけどね、なんてアメリカンジョークなのか、なんなのかちょっと分かりづらいボケ方をされたりもした。

住宅地を通り抜け、鉄橋を渡ると海が見えてきた。大学の駅、バークレーを過ぎると後五分ほどで、最終終着駅のエミリービルですとアナウンスが聞こえた。荷物をまとめ、毛布をたたみ、忘れ物が無いか何度もチェックをした。ガコン！　と大きな揺れと音を最後に、電車は止まり二泊三日の長いような、短いようなシカゴからサンフランシスコへの旅が終わった。

海が日の光を受けてキラキラと輝き、ホームでは抱き合って到着を祝う人たちがいた。ホームでトレイシーに、また来てねと笑顔で伝えられ、貨物に入れてもらっていたスーツケースを取り出してもらって受け取ったのだが、どれもこれも何故か白い砂埃で覆われていた。

海が見えてきた

間もなく目的地

最終の駅

スーツケースたちも貨物の中で、なかなか得難い体験をしたに違いない。

駅から、サンフランシスコ内へのアパートにはタクシーで向かうことにした。

拾ったタクシーの運転手に、電車旅はどうだったかい？　良い旅だったかい？　という質問に対し、私と夫は揃《そろ》って、

「もちろん！」

と答えた。

さてこれで、カリフォルニア・ゼファーでの旅からサンフランシスコでの日常に切り替わることになる。

アパートに着くと、管理人にあらかじめ到着時刻を告げていて鍵を受け取る話合いがついていたはずだったのだが、管理人室には誰もおらず、管理人さんの携帯電話は留守番電話に繋がる事態が早速発生しまい、ものすごく焦った。

だが、数十分後、私たちの部屋の鍵を預かっているという女性が現れて、鍵を渡して去っていった。

彼女が何者だったのか、どうして鍵を預かっていたのかは管理人さんに聞いても未だ返答を得られていないので謎である。


この文章を書いている現時点で、管理人の姿を見たことは一度も無い。

だがアパート内にはいるようで、時々彼のサインのついた告知文が掲示板に掲載されていたり、ドアの間に手紙が挟まっていたりする。

メールの返事は来たり、来なかったりする。

夫の推理では、うちのアパートの管理人は忍者じゃないかというのだが、そうかもしれない。

実際、廊下から部屋のポストに手紙が投函されるときにも、足音がしないのだ。

廊下が古いので、たいていの人が歩くとギシイと軋《きし》んだ足音がするにもかかわらずだ。

本当にこの世には不思議なことが多すぎる。

第13回　行方不明の布団と怪音の謎

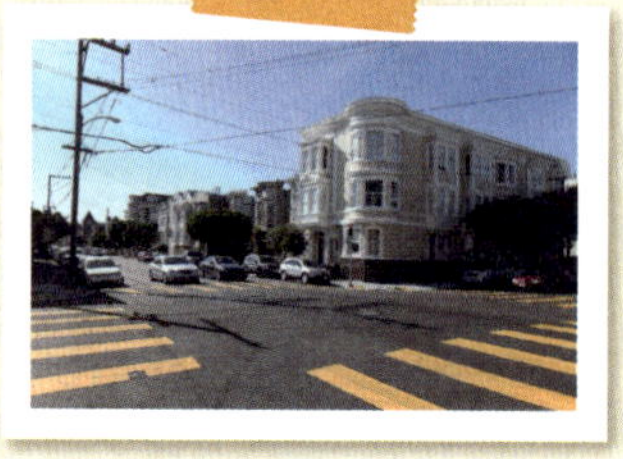

アパートの近所

隣町のアパート

アパートに来てから一週間ほどが経った。

毛布に包《くる》まって、床やソファーで代わりばんこに我々は眠っている。

ベッドは無い。

枕とシーツ、そして毛布だけはある。


体中、とくに背中が痛い。

ベッドが無い理由は、我々が三ヶ月しか米国に滞在しないこと、中古でもベッドが高かったことと、そして何故かこの国でベッドを買おうとするとほとんどが組み立て式だったからだ。

米国では、ベッドというのは自分で作るものらしい。

この国に三〇年以上住んでいる日本人や、仕事場の仲間にも聞いてみたのだが、やはりベッドを買うと完成した物でなく、部品が来るので自分で組み立てなくてはならないという。

「重たい木の板とネジの部品と一緒にマットレスが届くよ。この国は英語が分からない人や失読症の人もいるから、作り方の説明書はほとんどイラストで描かれているんだけど、それがまた分かりにくくって。ドライバーと電動ドリルは持ってる？　それが無くっちゃこの国で家具なんて買おうと思っちゃ駄目よ」

そういうことらしいのだ。

中古の場合、自分で運ぶなら安くなることもあるらしいが、急な坂だらけで国際免許証を持っていない我々には、そんな選択肢はない。

歩き慣れても筋肉痛に
なるほどの急な坂

ただ、我々も何も対策を講じていなかったわけではない。

シカゴに入った時点で、この国からネットで日本から布団を購入して国際郵便で送るように手配していたのだ。

だからちょうど、そう、サンフランシスコに着く頃に布団がアパートに来ているはずだった。

そう、届いているはずだったのだが……今日郵便受けを覗いてみても不在配達表は入っていない。

ネットの追跡番号を使って現在の配達状況を調べてみると、サンフランシスコの郵便局には一度届いて、その後配達「済み」となっている。

「届いてないのに……」

サンフランシスコの高く澄んだ空に、私の溜息と嘆きが吸い込まれていく。

「なんで今日も布団は届かないの？」

夫のもっともな突っ込みが入り、彼はとりあえず近所の郵便局に追跡番号を持って行くことにした。私は連日連夜の板の間での修行僧のような就眠の仕方のせいで、背中が痛くて歩けたもんじゃなかったので、全てを彼に任せておくことにした。

長い電車旅が終わり、やっと布団で十分な睡眠がとれると思ったのになあと、サロンパスをペッタリと背中に貼りながらため息を吐《つ》いていると、携帯電話に夫からテキストメッセージが入った。

「アパートの部屋番号が書いてなかったから、アパートの管理人が誰の品物か分からず受け取り拒否していたらしい、これから布団を持って帰る」

しばらくすると、夫が手ぶらで帰って来たので、布団はどうしたのかと尋ねると、重いから一人じゃ持って帰るのは無理だよと郵便局員に止められたという。

「へぇー、で、いつ郵便局の人は持ってきてくれるの？」

ピンポーンと私の質問に応えるように呼び鈴が鳴り、布団が運び込まれ、夫が受け取りのサインをすると皆が帰って行った。

「部屋番号書き忘れたのは君じゃないの？　でも、なんで未配達なのにネットじゃ配達済みになっていたのかとか、ここのアパートの管理人が受け取り拒否をしていたのかは謎だね」

「そうだね。部屋番号、伝えた気がするんだけどなぁ」

二人揃《そろ》って、ガサゴソと包装を取ると、愛しの布団が姿を現したので、板の間にでろんと敷いて倒れ込むように眠った。

が、生憎深い眠りには就けず、数時間置きに目を覚ますこととなった。

理由は「もぼ〜〜ん」というどこからともなく響いて来る、怪音のせいである。

五分間隔で聞こえてくることもあれば、二〇分とか一時間間隔のこともあった。

音も小さく聞こえる時もあれば、間近で大きく聞こえる時もある。

「もぼ〜ん」「もぼ〜ん」

やっと念願の布団に包まって眠る幸せを手に入れたのに、これじゃあんまりだと思い、この怪音の正体を突きとめようと外に出てみたのだが、音が反響して、どこから聞こえて来るのかさっぱり分からない。

相変わらず誰も居ない管理人室には、オレンジ色の耳栓《みみせん》が入った袋がいくつが置かれていた。これをして、我慢して寝ろという意味なのだろうか。

翌日、私が働いている会社のスタッフに夜変な音が聞こえないかと質問してみたところ、皆そんな音は聞いたことがないということだった。

後日、この怪音の正体はTwitterとYouTubeのおかげで判明するのだけれど、そのことについてはまた別の機会にお伝えします。

第14回　○○人街へようこそ

アメリカでぼんやりと過ごすうちに、もう一月以上が経ってしまった。

私と夫の住んでいる場所の周りには、幾つかの○○人街が存在し、それぞれ近くで異文化の香りが楽しめて面白い。

イタリア人街

中華街のランタン

ロシア人街では、元KGBのと名乗ってもいいような眼光の鋭い銀髪の親父《おやじ》さんが鰊《にしん》の酢漬けやイクラを売っている。

そのあたりのスーパーはいつも軍歌のような雄々しいロシア語の歌が流れ、ウォッカ臭いおっちゃんがハムをじーっと眺めている。ロシア語がさっぱり読めないので何が入っているのか予想もつかない鮮やかな箱を眺めているだけでも楽しい。

何度か買い物してみようかと思ったのだが、レジのおばちゃんはロシア語でしか接客ができないようだし、ほとんどが量り売りなのでいまだに店内をうろうろと見学してはピュッと飛び出してしまう。

夫はヨーグルトを塗りたくったような、ぶっとい鉄串に刺さったケバブを買いたいと思っていたそうで、指差せば通じるだろうとチャレンジしてみたが「ああ?」と元KGBのような親父に早口のロシア語で捲《まく》し立てられてすごすごと何も買わず帰って来てしまったらしい。

近くにはクレムリンのような宮殿だか教会だかもあり、ロシア人街はいろいろと謎めいている。


日本人街には何故かほとんど日本人は住んでおらず、いるのは韓国や中国系の人とベトナム系の人々だ。

日系三世の方のお店などもチラホラとあるけれど、皆日本語は喋らず、静かで若い人はほとんど見かけない。

私の職場は日本人町の近くにあるのだが、日系二世や三世の人たちが若い日本人は珍しいと言って時々ランチタイムに柿などを持ってやって来る。

「日本には三〇年前に一度行ったことがあるよ、あの頃と東京は変わったのかねえ」

ティーバッグで入れた緑茶を啜《すす》りながら、彼らは遠い記憶に残る日本や祖先の話をし、静かに去っていく。消え行く古い田舎の観光地といったような雰囲気で、どことなく寂しくて退廃的なのが日本人街のようだ。だが、オタク文化だけは不思議なことに元気らしく、夕方になると初音ミクなどのコスプレをしたアメリカ人が楽しそうに集まって笑いあっていたり、『スターウォーズ』に出てくるトゥルーパーがお散歩を楽しんでいたりする。

お散歩トゥルーパー

ちょっと遠くになるのだが、スペイン系移民が多く住む地域はなんだかいつもお祭りめいた空気があって楽しそうだ。ホームレスなのか客なのかお店の人なのか区別がつかない人のいる本屋さんがあったり、道端に色とりどりの木彫りの置物が売られていたりして、その横でギターを弾くおじさんがいれば、踊る少女たちがいたりとなかなかカオスっぷりがすごく、英語を話している人はかなり少ない。

サンフランシスコに来て思ったことなのだけれど、スペイン語をどこでもよく耳にするし、話している人も頻繁に見かける。

何かトラブルがあってカスタマーセンターに電話すると、まず英語かスペイン語かの選択を迫られる。

「ええ〜っと、これ英語でなんて言ったっけなあ?」

時々こんな言葉が店員さんから返ってくることさえある。

もしかすると、サンフランシスコではスペイン語が話せれば、英語なんて必要無いのかも知れない。


そんなスペイン人が多く住む地域のスーパーで、夫がサボテンを買って来た。

夫はどう調理しようかと棘《とげ》を毛抜きで抜きながら考えている。


アメリカに来てから早速5キロほど太り始めた。思いあたる節は腐るほどある。

イタリア人街には美味しいチーズとオリーブオイルに生パスタが、ふんだんに売られている。

いろんな国の食材を豊富に手軽に楽しめる国なんだなと思いながら、私もサボテンを手に取り夫の棘抜きを手伝い始めた。

サボテン before

サボテン after

炒めたサボテンは、苦味の強いピーマンのような味がした。

アメリカ人はあまり料理をせずＴＶディナーばかりを食べているという勝手なイメージがあったけれど、いまのところＴＶディナーが売られているところを見かけたことはほとんどない。

移民の人々はやはりどこの地にいても故郷の味が恋しく、料理がしたくなるのかもしれない。

extra

中華街へ行こう

中華街の夜は早い。

昼間は休日の渋谷や新宿並みの人通りなのだが、夜はひっそりとしており店もまばらに開いているだけで、タクシーも通らない。

昼に来るとここは本当にアメリカなのだろうかと疑いたくなるほどの、中国人と中国系移民の人混みに溢れ、聞こえてくる言葉もほとんどが中国語だ。

中華街は町中にあり、ビジネス街にもアクセスが容易な大変便利な場所にあるのだけれど、何故か家賃が割安なこともあり、職場に来ているアルバイトの学生や、留学生の知人らは中華街に住んでいることが多い。

中華街

私は本当に不思議でならないのだけれど、サンフランシスコの家賃は全米で見ても、とても高い部類に入る。ニューヨークのマンハッタン島のアパートよりも高いという話もあり、場所にもよるけれど1LDKの小さなアパートでも一，八〇〇～二，〇〇〇ドルはする。

知人が三，〇〇〇ドルや四，〇〇〇ドルのアパートを借りた話を聞いて、遊びに行ったのだが、日本なら一二～三万も出せば都内でもあるんじゃないかというような物件だった。

台所のファンが古くスイッチをオンにすると、象が吠えるような音を立てることやトイレの狭さと暗さ、バスルームにシャワーしかないこと等を知人は嘆き、当時のドルのレートがだいたい一〇〇円だったので、三〇万や四〇万出せば日本じゃこんなことありえないよねと力のない笑みを浮かべていた。

何故、サンフランシスコのような小さな町の家賃がこんなおかしな状態になってしまったかというと、シリコンバレーに住む裕福な人々がサンフランシスコ市内を気に入って、皆借りたがっているからだという。

それと、日本ほどではないがサンフランシスコの通勤ラッシュはかなり酷い。

バークレーからアルバイトで来ている学生は、浮浪者の臭《にお》いや学生の汗臭《あせくさ》さが混ざった車内の空気に耐えながら毎日一時間半かけて電車とバスで職場に来ていると言っている。

毎朝大渋滞の市内への道を運転し駐車場を探し回る苦労や、気まぐれな運航の電車にもウンザリしているらしい。

だからといって、中心部に家賃を払うためだけに働くのもごめんだと嘆いている人々は多い。

そんなわけで、サンフランシスコは複数の住人や家族が一件屋をシェアして借りる、シェア・ハウスが盛んなのだろう。

そういえば日本でも放映されていたドラマの『フルハウス』も舞台はサンフランシスコだ。

でも市内だからといって家賃が一律に高いわけではなく、町中にぽっかりと穴が開いたように家賃が安い区画もあるのは謎だ。

中華街もそういう場所のひとつで、市街地から比べると高いが市内では割と手頃な値段で部屋が借りられる。

でも日本のアパートやマンションの感覚で部屋を見ると割高に感じてしまうだろう。

景観条例のせいかどうか不明だけれど、古い建物が多く暖房も暖炉だけだったり、エレベーターはなく急な階段だけだったりと、まあ日本では逆に探さなきゃ見つからないような物件ばかりなのだ。

中華街に話をもどそう。

昼間にやってくると一瞬で中国にワープしてしまったような錯覚に陥《おちい》るこの区画は、入口近辺には観光客の姿はあるけれど、奥に進めば太極拳や中国麻雀や将棋をする老人たちが公園でくつろぎ、威勢の良い中国語が飛び交い、他のスーパーではお目にかかれない食材が並んでいる。

店の看板もメニューも漢字だけで、英語表記はほとんど見かけない。

漢方薬屋では、乾燥させた蚕や真珠の粒を粉にした瓶が並び、大きなフカヒレや干された何かの動物の腟のような物がぶら下がっている。

確かフカヒレはカリフォルニアの州法では販売してはいけないはずなのだが、ここでは関係ないとばかりに堂々と飾られている。

他にも熊の手らしきものがあったりと、面白かったので店主に頼んで店内の写真を撮らせてもらおうと思ったのだが、カメラを取りだそうとした瞬間「ノー！　ノー！　ピクチャー！」と大きな声で怒られてしまった。

乾物

中華街は野菜も肉も安い。

売り手は皆たくましく、少し歩くと早口の中国語で目の前に様々な品を広げてアピールを始める。

大きな亀が悠々と泳ぐ水槽には「これは食材です。ペットではありません」と書かれていた。

「ここの店内に売られている動物は、食材に変えてからしかお渡しできません。なのでペットにしようとして入店しないで下さい」ともあり、何だかすごいなと思いながら中を覗き込むとブッチャーのようなオジさんが、額に汗して大きな包丁を研《と》いでいた。

食用の注意書き

食材

さて、サンフランシスコに来たなら飲茶《ヤムチャ》を食べなくちゃということで、小腹が空いたので適当に近くにあった店に入った。

背の高い、色白のチャイナドレスに身を包んだ女性が席に案内してくれた。

彼女はドン！　とジャスミン茶の入ったポットを置くと、中国語で何か説明して去って行った。

テーブルの上に置かれたメニューを見たが、完全に中国語オンリーで英語の説明書きはない。

とりあえず、ワゴンで運ばれてきた金魚の形をした海老焼売《シュウマイ》や、紹興酒のスープ、イカの豆板醤《トウバンジャン》炒めなどを、身振り手振りで頼んで食べた。

皆、正直言って愛想は良くなかったけれど、お料理はどれも美味しかった。

とくに後になって食べた豚の肉にパリパリの甘辛く味付けされた皮のついたものと、鳥を揚げて餡《あん》かけにしたものが、今思い出しただけでもよだれが垂れてくる。

満腹になったので、お会計を頼むと二人でチップ込みで二八ドル前後だった。

ビールも一杯ずつ頼んでいたので、これは物価の高いサンフランシスコ市内では驚きの安さだった。

レジの横に「我々はサービスを拒否する権利を有しています」と書いてあるのが少々気になったけれど、今後馴染みの店として活用しようと思っていた矢先に、地元誌でこの飲茶屋が潰れてしまったことを知った。

実は老舗《しにせ》で、地元の愛好家も多い店だったらしいのだが、はっきりと潰れた理由は書かれていなかった。

ただ惜しまれつつ、一つの中華街の店が姿を消したとだけ記事には書いてあり、あの味にはもう出会えないのかと思うと、胸の底からなんともいえない寂しさが湧き上がってきた。

サンフランシスコ市内には色んな飲茶店があるのだが、今のところあの店を超える味にはまだ出会えていない。

第15回　判明！　怪音の謎!!

「もぼぉ〜ん」
「もぼぉ〜ん」

第一三回でも書いた、夜、朝を問わず聞こえる怪音に相変わらず悩まされている。

「もぼ〜ん」

「もぼ〜ん」

どんな音か、気になる人はYouTubeで「Strange sounds in San Francisco」という動画を見て欲しい。

この怪音に驚くアパート住民の言葉と、音が記録されているからだ。

もの悲しい生き物の鳴き声のようにも、パイプの中を水が流れている音のようにも聞こえるこの音は、時には遠くの方から囁《ささや》くように小さく、時には地響きのように大きく響いて耳に届く。

同じアパートに住む住人にこの音は何？　と聞いてみたところ、

「波の音じゃないか？」

「教会の方から聞こえて来る気がするけど、なんだろうね、分からないわ」

「えっ？　そんな音してる？」

と反応はさまざまで、結局原因については分からず仕舞いであった。


ある夜は、とくに酷く、五分と間をあけずに響き続け、夜明けを迎えて辺りが明るくなると、夫はこの音がどこから聞こえるか確かめてやると外に出て行った。

そして、二時間ほどしてから、汗だくになって戻ってきた。

音の場所を突き止めたかと私が訊ねると、夫は、しばらく行くと建物のせいで音が反響してどこから聞こえて来るのか分からなくなる、それにただ音を闇雲に追うと危ない地域に足を踏み入れてしまいそうになって、怖くなったので戻ってきたと答えた。

サンフランシスコ市内では、路地一本を隔てるだけで高級住宅地の横が犯罪天国みたいになっている場所があるので、少しでも知らない場所では回りの雰囲気や住人の様子に気を配ることが必要になってくる。

路駐の高級車の中に財布などを置きっぱなしにしているような場所から、一本筋を曲がると、耳に当てている携帯電話と提げているカバンをすぐにひったくられてしまう地域が存在する。

どこがそういう場所なのかは、たとえ観光客でもなんとなく雰囲気で感じるものがあるけれど、やはり地元の人が詳《くわ》しいので聞くのが一番だ。

私はどちらかというと、ぼんやりとしていて鈍いので、同じアパートの住人や近所の人に教えてもらったことが随分と役に立った。

アパートの中庭

さて、怪音であるがネット上でも同じようにこれはなんだろうと疑問を持っている人たちがいて、原因についてあれやこれやと議論を交わしていた。

「工事の音が土中で反響してんじゃないの？」

「海岸沿いにあるウェーブオルガンじゃないの？　海水と風がパイプを通ると音が聞こえるオルガンなんだけど、それだと思うね」

「いいや、それはないよ。ウェーブオルガンの音とは似ても似つかない」

「霧笛《むてき》じゃないの？」

「霧笛の音とも違うと思うね」

みんな、ああでもないこうでもないと書き込みをしながら、話を進め、やがてあれは聖書の黙示録《もくしろく》に出てくる世界の終わりを告げるラッパの音じゃないかとか、エイリアンの仕業だと言い始める人も出た。

私と夫も音のファイルをTwitterを通じてネットにあげて、これは何？　と人に問うて原因を調べた。

そして、この怪音の正体はあっさり見つかった。

幽霊の正体が枯れ尾花だったように、少々あっけない結論だった。

この音はなんだったかを先に言ってしまうと、それは「霧笛」だった。

ただ、音が海とは違う方向から聞こえてきたから、今まで霧笛だとは思えなかった。

海上の鉄橋から鳴らされた霧笛が、風に乗り、建物で反響を繰り返し、通常の霧笛とは違った音になって聞こえていたのだ。

海からの音

ネット上で原因を探して、いろんな音のファイルを聞き漁《あさ》り、一番似ていた音が霧笛だった。

それから海の近くに行き、霧笛を聞いて、建物を隔てると音が変化することに気がついた。

そして危ない通りを避けつつ町を歩き、音の変化を確かめるうちに、原因はこれしかないと結論に達することができた。

レイ・ブラッドベリの短編に『霧笛』というタイトルの大変有名な作品がある。

灯台の霧笛を仲間の呼び声と勘違いした恐竜がやって来て、孤独さに打ちひしがれて、仲間と同じ声で鳴き続ける灯台を破壊してしまう話なのだが、確かに霧笛は悲痛な生き物の呼び声にも聞こえる。

今夜も反響した霧笛が部屋の中に響いているけれど、不思議なことに原因が分かると前ほどうるさいとは感じなくなってしまった。

どこか遠い世界の竜の鳴き声だと思いながら、今夜は夢を見るといいかもしれない。

サンフランシスコの夜は深い霧に覆われている。

夜の街①

夜の街②

夜の街③

第16回　はじめての〇ちがい

駐車場から車が盗まれたので、気をつけて欲しいという貼り紙がオフィスの掲示板にあった。夜中にビルの守衛さんの所に、ガレージの鍵を失《な》くしたので困ったと言う男が現れたそうだ。守衛さんがガレージを開けて男を案内すると、「助かったよ、おやすみなさい」と言って、車に駆け寄りオープンカーに飛び乗ると、エンジンを吹かして去って行った。

翌朝、愛車が無いことに気がついた持ち主が守衛さんに怒鳴り込んだ時点で、夜中に訪ねてきた男が泥棒だったことが発覚したそうだ。

どうやってエンジンをかけたんだろう？　そもそも、夜中に来た人をガレージにそんなに簡単に案内するだなんて、守衛さんもまぬけだなあと思いながら、貼り紙を眺めていると、横で、腰の辺りまで長い金髪を伸ばした背の高い女性が「あたしもやられたのよ……あんたここに車を停めちゃだめよ」と忠告して溜め息を吐《つ》いていた。

私は、右と左を混乱する性質なので、アメリカでは運転しないことに決めている。しかも、車を持っていないので、駐車しようにもその車がなく注意する必要はないのだが、ビル内にいても貴重品には注意を払おうと思った。

サンフランシスコ市内の治安は良いのか悪いのか、正直言ってよく分からない。

治安が悪いと言われている地域でも、深夜や早朝に子供がテクテク歩いていたり、短パンとランニング姿の美女がひとりでランニングしていたりする。

かと思えば、私が勤めているオフィスのある地域は治安が良いと言われているが、同僚が車から目を二、三分離した隙に数人の若者にガラスを割られてカーステレオを盗まれている。

オフィス街

通勤に使っているバスは、ガイドブックには女性のひとり乗りは厳禁だの、命が惜しければ止《や》めておけみたいな注意書きが載るような路線なのだが、老人や学生や親子連れも大勢利用しているし、私は危険な目に遭《あ》ったことは一度としてない。

利用する時間帯にもよるのだと言う人もいるから、私が利用している時間帯が、たまたま安全なだけかも知れない。

とりあえず、ここに来てからは夜の九時以降に出歩くことはしなくなった。

うちから歩いて一五分くらいの場所に、ゾンビに襲われたら絶対あそこに籠城《ろうじょう》しようと決めている超大型スーパーマーケットがあるのだが、そこまで辿《たど》り着く道の治安が悪い。

公園には、ここで薬を売りさばくな！ というような警告が掲げてあったり、シンナーとお酒が混ざった臭《にお》いのするおっちゃんが、空を指差しながら「ひこうきだー！　ひこうきだーわーい！」とはやし立てたりしている。

だが、おっちゃんが指差す方向を見ても、青い空がただ広がるばかりで、鳥一羽さえ飛んでおらず、彼の頭の中だけに飛ぶ飛行機なのだなと思いながら、道を歩く。

青い空

ホームレスの人が後ろからヒタヒタとついて来るのが分かる。
饐《す》えた臭いが近くから漂い、走って距離を取ろうかどうかを考える。
少し歩くスピードを速め、スーパーに着くとひと安心。
怪しげな人々は何故か店内にまではやって来ない。

色とりどりの野菜や果物、大きな肉の塊を一つ。

それらの物を詰め込み、私はパーカーのフードを目深《まぶか》に被り、ぶつぶつと日本語で独り言を呟《つぶや》きながら、千鳥足《ちどりあし》気味に歩いてスーパーを後にした。

すると、なんということでしょう！

帰り道は怪しげな人に声を掛けられることも、小銭をよこせと複数のホームレスに詰め寄られることも、後をつけられることもなかった。

そうか、怪しげな人に対抗するには、自分もヤバイ人っぽく見せかければよかったのかと思い、その日から私の演技力が試される日々となった。

かぼちゃ

古着屋で買ってきた変な服を合わせて、危なそうな人を日々装ってきたのだが、これが結構楽しかった。自分にその手の才能があったのか、時々道で鉢合《はちあ》わせする夫や、同じアパートの住人ですら私と気がつかないほどだったので、私が役者を志していれば今頃、危ない役ならこの人という風になっていたかも知れない。

そんな妄想を日々たくましくしながら、楽しいお買い物ライフを過ごしていたのだが、夫が何かちょっと困惑気味な顔をして、あのスーパーに通わなくってもいいんじゃないかと言いはじめた。

「いや、でもあそこほど大きなスーパーって歩いていける範囲じゃ無いし、お野菜とかも新鮮じゃない。そりゃロシア人街とか、イタリア人街のスーパーも面白いし楽しいけど、なんかほら、敷居が高そうだっていうか、普段使い向きじゃないでしょ」

「君がどうしてもって言うんならいいけど、新鮮な野菜だったら、毎週フェリービルディングのとこにファーマーズ・マーケットが来ているらしいから、そっちで買ってみない？　かなり大規模なマーケットみたいだし、オーガニック野菜とか、手作りの品とかいろいろあるらしいよ。そこに二人で今度行って、纏《まと》め買いしようよ」

「ファーマーズ・マーケット？」

「行けば分かるよ。ちょうど明日、土曜日にあるみたいだよ。午前中のうちにほとんどの店が引きあげるって噂があるから早く行こうよ、朝ごはんを食べるスペースもあるんだってさ」

「ふーん」

簡単な夕食を済ませ、その日は翌日のファーマーズ・マーケットに備えて早く眠ることにした。
ふと、部屋にかかっているカレンダーに目を留めると、夫の誕生日が近いことに気がついた。
海外で迎える誕生日をどうやってお祝いしようかなと考えながら横になり、目を閉じた。
今夜も窓を細かに震わせて、霧笛《むてき》の音が聞こえて来る。

第17回　ファーマーズマーケット　その①

朝、八時過ぎにフェリービルディングで開催されている、ファーマーズマーケットに到着した。すでにすごい人で、すれ違うのもやっという有様だった。

フェリービルディング

ファーマーズマーケットに来ている人々

ファーマーズマーケット

山のように積まれた、見るからに新鮮そうな野菜や果物、楽器を演奏する人、手芸用品や絵や写真を売る人、中には「あなたをイメージしたポエムを書きます」とタイプライターを膝《ひざ》に置いた詩人までいて、なんでもありという感じだ。

山のように積まれた野菜

目の前でくるくると桃を剝《む》いて試食をすすめる人がおり、この桃は林檎《りんご》みたいにシャキシャキとしていて美味しいよと言われたので、一つもらって食べてみると本当にその通りだった。

サンフランシスコでは、桃は秋の果物という区分らしく、赤や白の桃がどこに行っても目につき、試食をすすめる人たちがお互いの桃の品種のアピールをしていた。

日本にある白桃と見た目がそっくりなものもあったのだけれど、試食してみたところどれも固く、日本の桃のように柔らかく、指で触れただけで潰れるような実はなかった。

最初に食べた桃と同じように、どれも林檎のような歯ごたえがあり、桃は固くて当たり前というのがこちらの品種の常識のようだった。

もも

ももももももも

「サラダに入れると美味しいよ。桃をうちのバルサミコ・ビネガーにつけたのを食べてごらん」

桃にお酢？　とも思ったが、目の前の老人が一つ爪楊枝に刺さったバルサミコ酢のかかった桃を口に頬張るやいなや、目を丸くして「美味しい」を連呼し出したので、私も気になってつい一つもらって口に運んでしまった。

食べてみると、確かに甘さ控えめの林檎のような食感の桃に、葡萄《ぶどう》ジュースを思わせるバルサミコ酢の酸味が合っていて美味しかった。
私が意外な食の組み合わせに驚いて、もしゃもしゃと口を動かす間、試食をすすめてきた女性は片手に大きな桃を、もう片方の手にはバルサミコ・ビネガーを持ち、驚くような早口の英語でこのお酢と桃のすばらしさを語り始め、気がつくと私はバルサミコ・ビネガーの瓶と桃を抱えてぼーぜんと立っていた。

「最初にそんな重たいもの買ってどうすんの?」

「いや、つい……」

「でも、早速今夜の晩ご飯が一品が決まったってことでいいじゃん。ところでお腹空いたんだけど、食べる場所ってどこ?」

「あっちの辺りじゃないかな、肉の焼ける匂いがするよ」

夫が指さす方に歩くと、脂の滴《したた》る肉が鉄串にささってグルグルと回るダイニングカーが駐車しており、その前を長蛇の列が取り囲んでいた。

「ここ、すごくいい匂いがするし、美味しそうだけど、この行列は大変そうだなあ」

「ま、ここ以外にも、いろいろあるみたいだし、空いてて良さそうなとこがあったらそこで食べようよ」

「そだね」

海から潮風が吹き、空は青く晴れ渡り、鷗《かもめ》がうるさく鳴いている。
こんな場所で食べるのなら、どんな食材だって美味しく感じることだろう。

「ねえ、あれ、どうだろ？　和風のタコスって書いてあるよ。あ、それにお好み焼きがある！」

「本当だ。でも僕はパスかなあ、適当になんかほかのもの食べるよ」

和風のタコスは、海苔に切ったトマトと挽肉《ひきにく》が載っかったものに、ちょろっとチリソースがかかっていた。
お好み焼きは、キムチがどっさり入っていて、真ん中に卵の黄身が載っていた。
味はどちらも辛さが強く、ビールが飲みたくなったけれど、この国では青空の下での飲酒はご法度だ。

日本は外でお酒が飲めるのがいいよなあと思いながら、タコスとお好み焼きを食べ終えた頃に、先ほど長蛇の列をなしていた肉を焼いている屋台が空いてきたので、夫がさっとそこに並び、おすすめの「四分の一サイズ鳥の丸焼き、ライム添え」を買って戻ってきた。

見るからに香ばしそうな鳥肉に、私もそっちにすればよかったかなとちょっと後悔しつつ、辛い物を食べた後で猛烈にのどが渇いていたので、飲み物を売る屋台を探した。

和風タコス

お好み焼き

焼けるお肉

鳥

手作りジュース

きょろきょろと辺りを見回すと、手作りフレッシュジュース！　と呼び込みをしている売り子さんが目に入ったので、そこで一番人気のキュウリとキウイとレモンミントのジュースを購入した。

味は、最初はミントやレモンの爽快感があったが、後味がキュウリの青臭さ全開で、正直言ってあまり美味しい物ではなかった。

でも二杯三杯と買う人や、おかわりしている人もいたので、日本人というか、たまたま私の味覚にあってなかっただけかも知れない。

第18回　ファーマーズマーケット　その②

市場を散策する夫氏

腹ごしらえを終え、市場を見回るとひとりの見るからにヒッピーな格好をした若者が退屈そうに椅子に座っていて、鶉《うずら》の卵と肉を売っていた。

鶉の卵はお蕎麦《そば》についていたり、中華丼に載っかっているのを食べたりすることがあるけれど、お肉は食べたことは一度もない。

小さな鶉の肉は氷の敷かれた金属製のトレーに二つ置かれていた。

「今朝毛を毟《むし》って持ってきたんだ、二羽買ってくれるなら安くするよ」

「どうやって調理すればいいの？」

「塩コショウして焼くのが一番かな。簡単だよ」

そして、小さな鶉肉、バルサミコ・ビネガーの瓶、桃、そして目に付くはしからつい買ってしまった野菜たちで私たちの荷物はいっぱいになってしまった。

トマト&豆

ラディッシュ

鶉肉

サラダ菜

ピーマンの山

車を持っていないので、家までバスに乗って、バス停からは歩いて帰らなくてはいけないから、これ以上は買いたい物があっても無理と判断し、今日はここで引き上げることに決めた。

だが、帰り道に美味しいよと薦められた羊乳で作られたヨーグルトを私は二つ買ってしまったし、夫は色とりどりのフェルトで作られたぬいぐるみ屋さんで足を止めて謎めいた生き物のぬいぐるみを二つ買ってしまった。

ぬいぐるみはMara《マラ》さんというおばあさんの手作りの品で、毎週ファーマーズマーケットで、新しい作品を売っているということだった。

「とうてい畑で取れる物とは思えないけどね。さて、名前をなんて付けよう。
こいつは豚に似てて、こっちは象かな？
とりあえず象の方はマラ象と名づけよう」

夫のネーミングセンスに絶句したが、本人的にはよい名前だと思ったのか、早速「マラ象」と呼びかけている。

「なら、この豚に似た方はマラ豚？」

「えっ。それは無いよ絶対。だめだよ」

「なんでマラ象はよくて、マラ豚はだめなの？」

「いや、そりゃアカンやろう」

夫のアウトになる基準に首をかしげつつ、二匹の奇妙なぬいぐるみと食材を抱えてバスに乗った。

マラ象とマラ豚（仮）

「まあ、いろいろと予想外の物も含めて買い過ぎちゃったけどね。来週もまた来ようよ」

「そうだね」

「今夜はご馳走だね」

「そうだね」

家に帰り、今日買ったものを置いてひと息ついてから、私はこっそりと家を出た。

夫は買ったばかりのマラ象とマラ豚（仮名）をソファーや机の上において撮影している。

家を出ると、まずはアパートから一〇〇歩ほどの距離にある雑貨屋に入った。

店内ではアンティーク風の家具に埋もれるように、色鮮やかな髪の老婆が座っていて、古いオルゴールの音に耳を傾けていた。

「いらっしゃい、何をお探し？」

「四〇歳くらいの男性に贈る物を探しているんですが、何かありますか？」
「そうねえ……目的にもよると思うんだけど、どうしてその人に物を送りたいの？」

「誕生日なんですよ」
「あら、そうなの。ならこのグラスのセットはどうかしら？　綺麗でしょう。あたしがイタリアで買って来たのよ」

「グラス素敵ですね。でも来月にはここを離れるんでできれば運びやすくて、壊れにくい物がいいんですよ」

「あら、そうなの。うーん、となるとごめんなさい、分からないわ。ここにあるものは壊れやすい物が多いから……。あら、でもこれがあるわ」

おばあさんは、鯨《くじら》の絵が描かれた古めかしいバースデーカードを取り出し、ターコイズブルーの封筒とリボンをつけてくれた。

私はその後、数件のお店をハシゴしたのだけれど、ピンと来るものがなく、リボンのついたカードを片手に帰り道に一軒の酒屋さんに立ち寄った。

ロバート・ダウニーJr.似のおじさんが、贈るならこれがいいよと一本の瓶を取り出してすすめてくれた。

「よーく冷やしてから、飲んで楽しんでくれよ、チャオ！」

おすすめしてくれたのは華奢《きゃしゃ》で細身のシャンパン・ボトルで、家に帰り焼いた鶉に野菜を添えたあと、ボトルの栓《せん》を抜いた。

ポンと景気のいい音が部屋に響く。

ボトルを傾けて注ぐと、うす淡い桃色の液体が発泡しながらグラスを満たしていった。

「うわあ、桜の花びらみたいな色だね、きれい、こんなシャンパン見たことないよ。
あ、お誕生日おめでとう」

「ありがとう。あのさ、シャンパンはシャンパーニュ地方で作ったもののことを指すんだよ」

「いいよ別に呼び名なんて、スパークリングだろうが、シャンパンだろうがさ。まあ、再び乾杯」

「いや、そういう呼び名は大切だよ。じゃ、乾杯」

細かい泡の立ち上るグラスの端を軽く合わせると、チンっと風鈴のような音が鳴った。

今年は夫が大きな賞を取ったり、海外に来たりとさまざまな出来事のあった一年だった。

次はどんなことが起こるのだろうかと思いながら、一息にグラスを干し、再びお酒を注いだ。

これじゃ、どちらのプレゼント用に買ったのか分からなくなってしまったけれど、私のほうが夫よりも少しだけお酒が強いのでいいだろう。

そう勝手に結論づけて、三杯目に口をつけた。

おつまみは、昼間買った桃で、これは辛口の冷えたスパークリング・ワインによく合った。

第19回　ハロウィンと死者の日と全裸なひとびと

カストロ

サンフランシスコにはカストロという通りがある。

LGBTコミュニティーの人たちがよく集うことで有名で、お洒落な店や面白い店も多くあるので、ぶらっとバスでよく遊びに行く場所のひとつだ。

虹色の旗が秋の爽やかな風を受けてはためき、私がオープンカフェで紅茶を飲んでいると、横を全裸の紳士が犬を連れて通り過ぎていった。

最初の頃は大層驚いたが、最近は全裸な人を見るのに少し慣れてきた。

何故かサンフランシスコは全裸で街中を歩いている人が普通にいる。

警察の人も別に何も言わず、むしろかわいいワンちゃんね♪　なんて話かけているから謎である。

カフェから少し離れた場所には、全裸の男性が観光客らしき人たちと肩を組んで記念撮影をしていた。

堂々と営業するアダルトショップの前を、アイスクリームを舐《な》めながら過ぎ去っていく子供たち。

全裸の人たちは何故か、バス停の近くに三、四人でいつ行ってもたむろしていて、遠い目をしてお茶などを飲んでいる。

今日は風も強くて割と寒いのに、みな平気そうな顔をしているのが不思議で仕方ない。

長年サンフランシスコに住んでいるWさんのお話によると、市内のオフィス街にも全裸の人はおり、皆見かけてもとくに気にしていないらしい。

女性の全裸グループもおり、噂では全裸のサイクリング集団もいるそうだ。

そして、法律的にはアウトなの？　セーフなの？　という話なのだが、公共の場所に座る場合、下に布を敷けばセーフらしい。

会ったら手を振り返してあげるといいわよ、みんなフレンドリーだからと言われたが、何かズレているような気がする。

全裸なひとびと

全裸

さて、そんなカストロの街にはいくつか試飲のできるワインショップが存在する（試飲といっても有料）。有名なお店なのかどうかは知らないけれど、おいしいワインをおすすめしてくれるので、仕事がない日はちょっと立ち寄ることにしている。

いつもワンちゃんを連れた人で溢れ返っている、ドッグ・カフェの隣にあるその店は、きっとこの人長生きしないいんだろうなあ……という赤ら顔の店主が経営しており、目の前に三つのグラスを置くとトロンとした目でワインを注ぎ始めた。

「今日はジンファンデル種を中心におすすめしとくよ、左から『オールド・ゴースト』。ハロウィンが近いし、いい名前のワインだろ？」

あまりワインに詳《くわ》しくないので、味の表現をどう書いていいのか分からないけれど、やや渋みの強い重たい風味だった。

「少し置くと飲み口が変わるよ。最初に香りを、それから味を楽しむんだ」

顔を赤鬼のように真っ赤に染めた店主はそれから、サンフランシスコからそう遠くない場所にある、ワインの生産地で有名なナパ・ヴァレーの素晴らしさを語り、チーズとクラッカーをすすめてくれた。

『オールド・ゴースト』は確かに言われた通り、少し置くと香りと味が変わり、飲みやすくなった。

ワイン

それから二軒目のワインショップに行き、一杯だけ試飲すると「プリゾナー」というワインを購入して店を後にした。

この「プリゾナー」というワインは、エチケットにインパクトがあったのと、店員が教えてくれた、作り手がワインに囚《とら》われてしまったので、囚人を意味する「プリゾナー」という名前を付けたという謂《いわ》れが気になって買ってしまった。

ワイン「プリゾナー」

買い物も済ませたので、バスに乗って日本人街で降りて銀行に立ち寄った。

できるだけ現金は持ち歩かないようにいているので、こまめにお金は入金している。

銀行は墓石がカウンターの横にあったり、入口にミイラが立っていたりと、ちょっとだけ和風なハロウィンの飾りつけがされていた。

銀行の飾りつけ

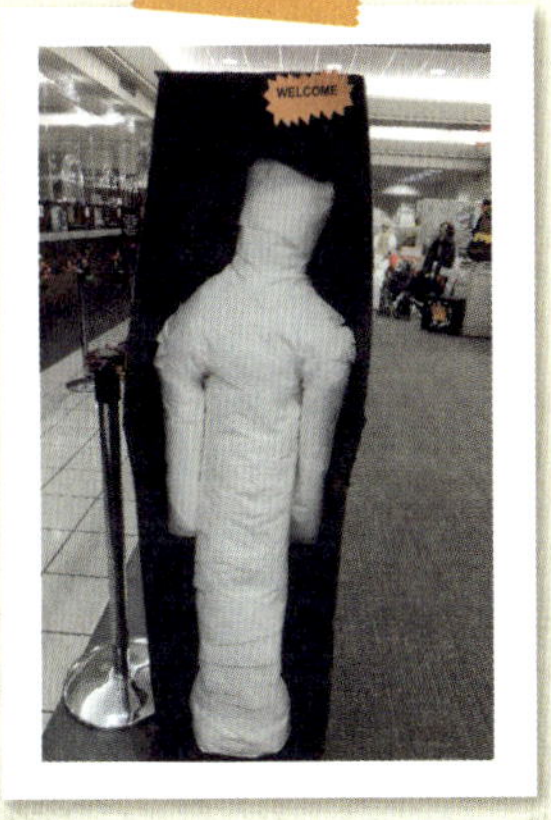

出迎えミイラ

書店も小泉《こいずみ》八雲《やくも》の本などを置いて怪談フェアを展開していたので、次に来る時にアメリカで怪談会をやればウケるだろうかと、試飲のせいでちょっとぼんやりしている頭で考えながら、少し寄り道して家まで歩いた。

スペイン系移民の多いところは「死者の日」の飾りつけが行われていた。

髑髏《どくろ》にラメ粉をはたきながら、マリーゴールドの花を飾る女の子たち。

死者の日は、由来などは詳しくは知らないのだけれど、ハロウィンと同時期にある、メキシコやスペイン移民の人たちが祝う、お盆のようなイベントらしい。

先祖の霊が帰って来るといわれる日まで髑髏とマリーゴールドの花を、祭壇のような場所に飾っていた。

死者の日

明るいオレンジ色が、死者の色というのは不思議な感じを受けた。

家に帰ると、かぼちゃの木というのが花瓶に挿さっていた。

夫が言うには、ハロウィンだからということでスーパーで売られていたので、つい珍しくて買ってしまったらしい。

かぼちゃの木

夜は安売りのカボチャを刳《く》り貫いて、スープを作った。
色は昼に見た、鮮やかな髑髏に飾られていたマリーゴールドに似ていた。
今なら「死者のスープ」と名づけてもいいかも知れない。

夜のカストロの街

extra

幽霊をも惑わせる呪われた屋敷の話

家の中でポチポチと観光ガイドのサイトを見ていると、とある旅行代理店のオプショナルツアーの一文が目に入った。

■不思議体験!?　ミステリーツアー■
大人も子供も楽しめる、摩訶不思議《まかふしぎ》なミステリー体験してみませんか??

子供から大人まで楽しめる参加型のツアーです。

ミステリーハウスでは、迷路の様に不思議な作りの呪われた（?）総部屋数一六〇という大豪邸の中やその敷地を見学します。

言葉では何とも説明し難い摩訶不思議な現象をご自分の目で見て体験して頂けます。


これは！　と思ったときには、既に受話器を手に取り予約の電話をかけてしまっていた。

そうだ忘れていた、アメリカにはこの屋敷が存在していたのだ。

屋敷の名前は「ウィンチェスター・ミステリー・ハウス」。

屋敷はアップルの本社やヒューレットパッカードがあり、シリコンバレーの玄関口とも呼ばれているサンノゼに聳《そび》え立っている。

日本でもTVや漫画などで紹介されたこともあり、ご存知の方は多いと思う。

「ウィンチェスター・ミステリー・ハウス」のことを少しだけ説明すると、南北戦争の時に活躍したウィンチェスター銃で巨万の富を築いた一家がいた。

だが、一家の夫と子供が相次いで亡くなり、若くして未亡人となってしまったウィンチェスター家のサラはとある霊媒師に相談を持ちかけた。

すると、霊媒師は「家族が死んでしまったのは、この家にウィンチェスターの銃で亡くなった人の霊が憑《つ》いてるからだ。家を改造し続けて、悪霊に見つからないように過ごしなさい」とサラにアドバイスし、彼女は言われるがままに莫大な遺産を使って家を増築し続けた。

三六五日、雨の日も風の日も大工の釘を打つ音、木を切る音は止まず、絶えず家を造り続けた結果、ドアの総数二,〇〇〇、窓の総数一万、階段の総数四七（合計三六七段）、四七の暖炉に一三のバスルーム、四〇の寝室に六つのキッチンの、迷宮ともいっていいような屋敷ができていった。

彼女が亡くなるまで、改築と増築は続けられ、彼女の死後屋敷は観光スポットとして公開された。

日本にいる時に、荒木飛呂彦《あらきひろひこ》先生と鬼窪浩久《おにくぼひろひさ》先生の『変人偏屈列伝』で知り、いつか行ってみたいと思っていた場所だ。いろんな小説家や漫画家がこの家を題材にした作品を生み出している。

電話はすぐに予約係の人に繋がり、夫と私の二名で申し込んだ。家の近くの場所までガイドが車で迎えに行くので、代金は当日ガイドに渡すということだった。

天気予報を見ると今週はずっと晴れだった。幽霊屋敷に行くのなら雨や曇り空の方がいいかもしれないけれど、夫は怖がりなので、そういう日には行きたくないと言い、ほっとした顔をしていた。

朝の九時過ぎに、ガイドの人がバンに乗って迎えにやって来た。

個人的に、こんな酔狂なツアーに参加したがるのは私たちくらいだろうと思い込んでいたのだけれど、車内には既にシアトルからやって来たというカップルが乗っていた。

ガイドの話によると、割と人気ツアーでもうかれこれ、一〇年以上も前から続いているらしい。

ミステリー・スポット入口

「今日は不思議な場所を二つ紹介します。まずは、名前の通りミステリアスな場所、ミステリー・スポットに案内しますね。それからお昼を摂って、ウィンチェスター・ミステリー・ハウスに行って、夕方頃にはサンフランシスコ市内で解散します」

ガイドはよく日に焼けた日系人のおじさんで、日本のインスタント・ラーメンが大好きだと語りながら海沿いの道をドライブし、やがて急にカーブを曲がったかと思うと、木の根が這う、ろくに舗装されていないデコボコ道に入った。

車はガンガン上下に揺れ、何度か頭をぶつけてしまった。

ガイドの声も振動のせいで震えている。

「こ、こんな場所なんですが、に、人気でしてね、運がよくないと、く、車を止める場所さえ見つからないんですよ」

本当に道はここで合っているんだろうか、急に道が細くなったけど、対向車が来たらどうするんだろうかという不安を抱えながら、やがて目的地に到達した。

山の奥の切り開かれた場所に車がたくさん駐まっていて、一体どこから来たんだろと言いたくなるほど大勢の人がいた。

「ここは全米から観光客が来る人気スポットなんですよ。ツアーの始まる時間が決まっているので、先にチケットを買って来ます。一グループ二〇名くらいで周る三〇~四〇分くらいのコースなんですけどね、待ち時間を入れるとここにいるのは一時間くらいかな」

ガイドの人はそれだけ言うと忍者のような素早さで、チケット売り場に向かっていった。

待ち時間の間はとくにやることがないせいか、皆駐車場の周りを散歩したり、売店でコーラを買って飲んだり、音楽を聞いて過ごしたりと、自由にしているようだった。

夫は鞄から電子書籍を取り出して何かを読んでおり、その背中がなんでこのツアーに申し込んだの？　と語っているような気がしたので、しばらく話かけないことにした。

何故か「ミステリー・スポット」には世界人類が平和でありますようにと、日本語で書かれたポールが立っていた。

お土産のステッカー

謎のポール

山の奥深い場所だからか、空気がひんやりしていて心地よかった。
他の多くの人と同じように、私も辺りをうろうろしながら山の木々などを見て時間を潰すうちに、我々のグループの番号が呼び出された。

ゲートに集まると、まだニキビの残る高校生くらいの若い男の子がボーイスカウトのような恰好で前に飛び出し、自己紹介を始めた。

どうやら彼がこのツアーの案内役らしい。

「どうもー！　ミステリー・スポットへようこそ！　海外から来た人もいるみたいだね。ここは世界的に有名な謎めいた場所なんだ。科学者が集まって検証していても、事実なんて分からない。木々の成長も何もかもここは狂っててね、地場の影響かもなんて言われてるけど解明はまだされていないここは、なんてことのない山奥の土地だけれど、今までに体験したことのない出来事が次々とみなさんを襲うので覚悟しておいて下さい」

舌をくるくると巻いた早口の英語でそう捲《まく》し立てると、彼は水の入ったペットボトルを取り出した。

「ちょっとまずはこれを見て下さい」

横に置かれたペットボトルは坂を転がり落ちる……ではなく、上がりはじめた。

「これで驚いてはいけません。さあ！　次に行きますよ」

ものすごく急な坂を上ると、斜めになった小屋が立っていた。

そこで、物の重さや高さが変わって感じる体験や、斜めに立っているように見える写真が撮れるよ等の事を教えられたので、夫に頼んで一枚写真を撮ってもらった。

小屋の中でも外でも子供も大人も大はしゃぎで、スパイダーマンのようなポーズをとったり、ボールを転がして坂を上って行く様子をキャーキャー言いながら喜んでいる。

だけど夫は始終静かだったので、よほど機嫌が悪いのかと思いおそるおそる話かけてみた。

「早く帰りたいの？　ごめんね、私が勝手にツアー申し込んじゃって、今度、何かあなたの趣味に合わせた用事に付き合うよ」

「いや、そういうのじゃなくって、ものすごく気持ち悪いんだ……。この小屋って錯視を利用したものだろ。周りの木だって斜めに生えてるし、ちょっとこういう錯覚には弱いんだよ。しばらくしたら慣れるかと思ってたけど、そうでも無かったみたい。ちょっと先に行って休んでいるよ」

私は夫の不調に気が付かなかったことを悔い、一緒に広場から外に出るとタオルを目に当てたり、真っ青な顔の子供がぐったりしていた。

どうやらこのスポットにやって来ると酔う人がいるらしい。

夫は３Ｄの映画でも酔ってしまったことがあるので、乗り物は平気だけれど視点が変わる仕組みや施設にはどうやら弱いらしい。早々とスポットから引きあげ、売店で冷たい水を購入し、しばらく車の中で休んでいると夫は元気を取り戻したように見えた。

しばらくしてからメンバー全員が揃ったのでツアーの車は走りだし、次の目的地へと向かうことになった。

ラジオから流れる「ホテル・カリフォルニア」などを聞きながら車に揺られ、お昼過ぎには「ウィンチェスター・ミステリー・ハウス」の屋根が見える場所にある巨大なショッピングモールについた。

近くには綺麗なホテルやカフェもあり、もっとうら寂しい荒野に建つ奇妙な洋館を期待していたのでちょっと意外だったのだけれど、件《くだん》の屋敷が観光地としてそれだけ知名度を誇っているということで納得することにした。

カフェで腹ごしらえにサンドウィッチと、アイスコーヒーを摂取した後に再び車に乗り込み、ショッピングモールから距離として二分ばかりの所にある「ウィンチェスター・ミステリー・ハウス」の門前についた。

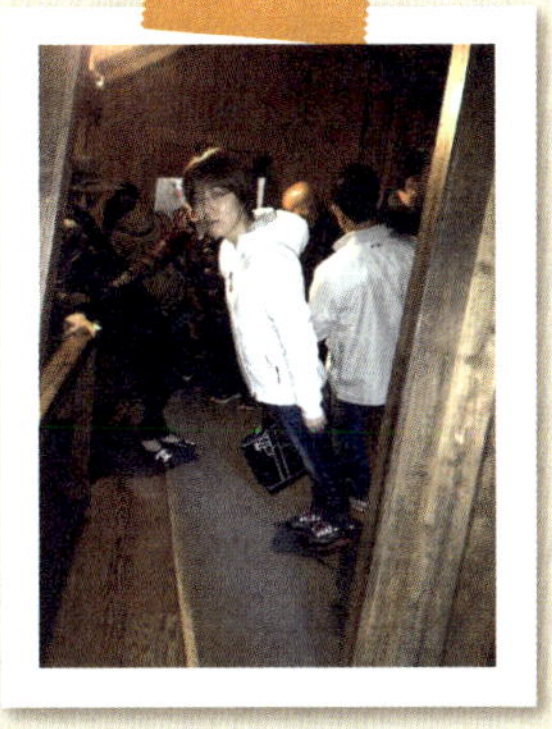
斜めの家

ショッピングモール

ちょうど、ハロウィンの時期だったのでカボチャのモニュメントがこちらを見下ろすような形で、飾られていた。

門は蜘蛛《くも》の巣の形をしていたのだが、これは、未亡人サラが蜘蛛の巣のモチーフは魔よけと幸運を意味すると思っていたからだそうだ。

チケットを購入し、門の近くでアナウンスがあるまで待っている間にウィンチェスター銃を持っての記念撮影が行われた。

今まで銃と名のつく物は、モデルガンさえ持ったことがなかったのだけれど、その重さに驚かされた。うちの愛犬の体重が確か九～一〇キロほどだったと思うのだが、それよりも確実にずっしりと重く感じられた。

こんなのを背負って、戦えたのだから兵士というのは大変な職業だなと思ううちにバシャリとシャッターが切られた。

ウィンチェスター銃

銃弾

銃を持つふたり

きっと間抜けな顔で写ってるんだろうなと思うと気が重い。

ツアーの参加希望者は三〇名ほどで、ほとんどがアメリカ国内から来た人でアジア系は私以外に二名しかいなかった。

全員分の写真を撮り終えた頃に、マーティン・フリーマン似の何か心配事を抱えたような表情を浮かべたツアーガイドが現れ、みんなにイヤフォン付きのレコーダーを配り説明を始めた。

「ようこそ、ウィンチェスター・ミステリーハウスへ！　このツアーは徒歩で屋敷を歩き回り、だいたい一時間ほどで終わります。写真、録音はお断りします。この屋敷は迷路のように入り組んでいるので、必ず私の後についてきて下さい。質問は受け付けていますが、解説については私が簡単に説明したあと、テープをレコーダーの番号をお教えしますので、その通りボタンを押してください。そうすると、解説がイヤフォンから流れ始めます。さあ、ツアーを始めましょう！」

かなり大まかではあるけれど、だいたいこんな感じのことを言われて、ガイドの後をぞろぞろと皆が蟻の行列のようについて行った。

サラは大変小柄な女性だったようで、一四七センチほどしかなかったらしい。

屋敷は彼女のサイズに合わせて作られていたので、階段の段差も歩幅も小さく、廊下の幅も狭苦しい所が多かった。

ただ大広間などは天井も高く広く、屋敷の中には温室まで造られていた。

悪霊を惑わせる為なのか、どこにも辿《たど》り着かない途切れたような階段、床に取り付けられたドア、クローゼットの中からの隠し通路があり、部屋も豪華絢爛《けんらん》な場所もあれば、以前の震災で崩れ果てたままのボロボロの場所もあった。

窓の外を見ると可愛らしい家庭菜園が広がっていた。その中に、ハロウィンだからか、群がるゾンビのオブジェがあった。

莫大な遺産を相続したサラが、金に糸目を付けずに増築し続けた家というだけあって、窓ガラスはティファニー製で光を受けると小さな七色の虹が木目に映って美しかった。

小柄な彼女は家の中で悪霊に怯えながら、どんな気持ちでこの虹を見ていたのだろう。

召使いの部屋も屋敷内にあり、サラは当時としては破格の高待遇で雇用していたとガイドが説明をしてくれた。

いくら広大な屋敷といっても、ツアーの参加者の中には子供や老人もいたし、かなりゆっくりしたペースで、見まわった。

なのに足がどんと引き攣《つ》れるように重たく感じられる部屋があり、ガイドに促されるままにレコードのボタンを押して、その場所でサラが亡くなったと知った時はぞわっと肌が粟立った。

日本から家具を持って来たという部屋もあり、竹が使われていた。

その部屋を通り過ぎて次の間に行く途中、皆が歩いてガイドに従っているにも関わらず、ブーツを履いた足が駆け回るような音が聞こえてきた。

迷宮のような作りの部屋なので、別の時間帯から参加しているツアー客の足音が反響してたまたま聞こえてきただけかもしれない。

もちろん、私の聞き違いという可能性だってある。

だが、まるで自分の横を走り抜けて行くようにダッダダッダダッダッとその音は耳に届いた。

気分の問題なのか、一時間のツアーだったけれど、長さはそれ以上に感じた。途中からの体の不調も長く感じた原因の一つだったのかもしれない。

最後の部屋で、ガイドが質問はないかと参加者に尋ねた。

すると、一人がミステリアスな話やエピソードはないだろうかと、質問を投げかけた。

ガイドは少し考え込んでから、時々本当に稀《まれ》なことだけれど、髪を誰かに触られたり引っ張られるのを感じる人がいる。幽霊が視えたというツアー客もいるけれど、私は直接見たことがない。ただ誰もいない場所に影のようなものが横切るのを一度だけ見た気がすると答えてくれた。

サラが亡くなった後も、悪霊は彼女を探し続けているのだろうか。


ツアー終了後、ここでは屋敷の地下室を巡るツアーや、時期によっては夜間に懐中電灯を持って巡るツアーがあることも知ったが、私は疲れ切っていたので、それは次回参加時まで取っておくことに決めた。

駐車場で待っていた、旅行代理店のガイドと合流し、一時間半ほどかけて家についた。

この日はやたら滅法疲れていたので、夕食は缶詰のスープを鍋で温めたものとトーストで済ますことにした。シャワーを浴びて、布団に倒れ込むようにして眠りについたのだが、早朝に激しく戸を叩くノック音と火災報知機の音で目を覚ました。

ビリビリと窓や壁が音で震えるほどの大響音と、火事だという声。

朝は冷え込むので、上着を羽織って大慌てで部屋の外に出た。

煙も火も確認できなかったが、廊下の防火扉は全て閉じており、緑色に避難誘導灯が光って出口への方向を示していた。

他の部屋の住人とともに、冷え冷えとした廊下を誘導灯に従って進み、外の階段を下りて外に出た。

夜明け前の淡い闇と、白い月が空に浮かび、手を温めようとして吐いた白い息が湯気のように立ち昇る。

一五分後に、消防車がやって来てアパートのあちこちを点検した結果、火災報知器の誤作動ということが判明したので、ほっとしてアパートに戻ることにした。

緑色の誘導灯の明かりは消えていたのだが、防炎扉は閉じたままだったので一つ一つ下の留め金を外して開けながら部屋へと向かった。

自分の部屋の前に辿り着いた時、眠そうに目をこする隣の住人と顔を合わせたので、警報機が鳴る前に大きなノックが聞こえたけれど、あれはあなただったの？　と聞いてみた。

だけど、隣部屋の住人はノック音も聞いていないしドアを叩いていないという。

反対方向の部屋の住人かと思ったのだが、隣の住人曰く、そちらは先週から空き部屋であるという。

その翌日からしばらく体調の悪い期間があったが、夫はピンピンしていた。

「幽霊がついて来たなんてことはないかなあ」

そう言うと、夫は笑って怪談のネタになるから、困らなくていいじゃないかと言っている。

「あの屋敷に行く前に、ミステリー・スポットに寄っただろ。あれで三半規管に何か影響が出ただけじゃない？　まあ、本当に祟りだとか何かに憑かれているんなら、面白そうだから見てみたいよ」

夫のノーテンキな看病のおかげで、しばらくすると元気になった。

ウィンチェスター・ミステリー・ハウス内は撮影禁止なので、屋敷内の写真は残念ながら手元にはない。

世界各国から彼女の屋敷を見に多くの観光客が毎年訪れ続けているらしい。

今の屋敷を見ればサラは何と言うだろうか。

第20回　不気味な夜と霧

ジャイアンツとタイガースという、どこかで聞いたような名前の球団が戦い、サンフランシスコをホームグラウンドにしているジャイアンツが優勝した。

町は凱旋《がいせん》パレードで賑わいを見せ、選手たちの雄姿を見るために臨時休業のお知らせを出している店も多くあった。

サンフランシスコの人たちの球団への熱の入れようは信じられないものがあり、優勝が決まった日は、街中から騒音が朝方まで絶えなかった。

ハロウィンと優勝パレードが重なったということで、あちこちで仮装をしたまま「Ｇｏ！　ジャイアンツ！」と嬉しそうにはしゃぐ人たちを横目に見ながら会社に行くと、オフィスでは、気怠《けだる》そうな様子の同僚が先に一人来ているだけだった。

「ほかのみんなは?」

「ジャイアンツでしょ。今日は交通規制が敷かれているし、ゴールデンゲート・ブリッジも大渋滞だろうから、オフィスには来られないんじゃない? 携帯電話も通話が集中しているのか、繋がりにくいし、しょうがないわよ」

「そんなにすごいの?」

「ええ、サンフランシスコ中が、今日はずっとジャイアンツの優勝のことしか考えていないでしょうね、それは間違いないわよ。だから他の会社に連絡なんてしても無駄ね」

「日本も野球ファンは大勢いるけど、ここまでじゃないよ」

「今日は早く帰った方がいいわよ、夕方から交通網がどうなるか分かったもんじゃないから」

同僚の言う通り、他所《よそ》の会社もジャイアンツ優勝騒ぎで仕事なんてしていないのか、電話もかかってこず、とくに用事のないまま時間だけが過ぎていった。

それでもデータ入力などの細々な仕事をやり、四時前頃にひと段落ついたので、お茶を飲みながらボケッとしていると、魔女やらスパイダーマンの恰好をした子供たちがぞろぞろと入って来た。

「トリック・オア・トリート」

声を揃《そろ》えて子供たちがお菓子を入れるために持って来たと思しき袋を見せつけ、早くしろと視線で訴えかけてくる。

少し遅れて彼らの母親らしき人物が現れた。

「こんにちは～、ハロウィンなんで来ちゃいました」

とりあえず、私と同僚はオフィス内にあったチョコレートとのど飴《あめ》を探し出して、子供らの袋にいくつか入れた。すると、彼らは満足したようで「サンキュ～」と言って帰って行った。

「会社の中まで入って来るもんなの？　びっくりしちゃったよ。お母さんも度胸あるなあ、ここにどんな人がいるか分かったもんじゃないのに」

「オフィスビルの中まで入って来るのは珍しいけど、お店の中には普通に仮装した親子が入って来るわよ。このビルはテナントにお店も入っているから、ここもオフィスじゃなくって何かのお店だと勘違いしたんじゃない？　看板がほら日本語だから、読めなかったんじゃないかしら」

「そうなのかなあ？」

「きっとそうよ」

それから六時過ぎ頃までオフィスにいたが、後は誰も来なかった。

家に帰ると、夫がハロウィンの日の街の様子をちょっと見てみたいと言うので、晩ご飯は外で食べることにした。

ハロウィン

行先は歩いて一〇分ほどで辿《たど》り着ける場所にある「Roam」というハンバーガー屋さんに決めた。ここは肉の種類が牛、豚、バッファロー、ダチョウから選べ、更にドレッシングや野菜のトッピングも選べる。

大ボリュームのハンバーガーは美味しくて、店内ではワインやビールや手作りのソーダも味わえるということもあり、いつも賑わっている。

しかし、この日は夕方から霧雨が降り始め、気温もぐんぐん下がったためか、お客さんはさほど多くなかった。これ幸いと思い、ビーフにサラダとフライドポテトを盛り込んだハンバーガーと、手作りレモネードをオーダーし、窓際の席に座って食事が出てくるのを待つことにした。

傘をさしている人は少なく、昼間見たような仮装した親子連れが、足早に歩いている。

宵闇

Roamのハンバーガー

手作りレモネード

ハンバーガー屋さんでも、店員の何名かは仮装姿のまま働いていた。

その姿が何故か海賊だったのだが、皆とてもよく似合っていた。

以前、聞いたことがあるのだが、会社によっては仮装したまま出社する人もいるらしい。

雨と霧に巻かれる道行く人を眺めるうちに、アツアツのハンバーガーが飲み物とともに運ばれて来た。

大きく口を開けてガッツリとハンバーガに齧《かじ》りつくと、滴《したた》るほどの肉汁が中から溢れ出した。

「トリック・オア・トリート」

『スーパーマリオブラザーズ』のマリオとルイージの恰好をした兄弟を連れたクッパの仮装をしたお父さんが店内に入って来た。

店の人はプラスチック製のカボチャ型の入れ物を差し出し、マリオとルイージ兄弟は鷲掴《わしづか》みでお菓子を取り出し、袋に詰め込むと去って行った。

その後、ビニール袋を頭に被っただけの、仮装なのかどうか判断に悩ましい中年男が入って来て、先ほどやって来た兄弟と同じように「トリック・オア・トリート」と言った。

お店の人は顔色ひとつ変えず、また菓子の入ったカボチャを差し出すと、ビニール袋男はチョコを一つだけ摘《つま》んで帰って行った。


ハンバーガーを食べ終えるとビールを一杯ずつ頼み、飲み終えると私たちは店を後にした。

雨は少し強くなり、濃い霧が立ち込め、家々の前にあるカボチャのランタンが不気味に浮かんで見える。

「ちょっとハロウィンの夜に街を散策してみようかと思ったけど、今夜は早く帰ろう」

気温も更にぐんぐん下がり始めていたので、私は夫に同意し足早に歩いて家に着いた。

夜の街

ヒーターを点《つ》けて、手を温めながらＴＶのニュースを見ると、ジャイアンツの優勝に興奮した市民の様子がレポートされていた。

何故かそこにはひっくり返った車や、言葉なのか悲鳴なのかわからない声を上げる人も映し出されていた。

アメリカ人の野球熱に絶句しつつ、ＴＶを見た後に本を少し読み、原稿を書いてから眠りについた。

翌朝会社に行くと、昨日欠勤していた同僚からとんでもない話を聞いた。

「昨日はどうせ会社に来ても仕事にならないと思って、ジャイアンツの凱旋パレードに行って来たんだよ。それで友達と一緒に夕方頃まで飲んでてさ、映画見て酔いもちょっとさめてきたからもう一軒行こうかって誘われたんだよ。でも俺は酒を飲みすぎると眠れなくなる性質《たち》だから、そこで別れて帰ったんだよね。それにハロウィンの夜とはいえ、霧が深くて寒くて昨日は不気味な夜だっただろ。で、俺らと別れた後に、友人三人が銃を突きつけられてホールドアップに遭《あ》っちゃってさ、財布を丸ごと盗《と》られちゃったんだよ。深夜に困ったって電話が掛かってきたもんだから、おかげで寝不足だよ。しかしまったく、なんでこの国には銃なんてあるんだろうね」

「その友人たちは大丈夫だったの？」

「ああ、財布に入っていた現金は大したことなかったみたいで、カードの再発行手続きやら何やらで面倒だって言ってたけど、無事だよ」

「犯人は捕まると思う？」

「無理じゃないかな。顔も仮装していたから分からなかったらしいよ。ま、割と若い感じの男二人組だったらしいけどね。男三人だからって油断もあったんだろうけど、人だか幽霊だかが判別できないような深い霧の日に外に出ちゃいけないよね。たとえそれがどんなに特別な日だったとしてもさ」

仕事仲間の話に相槌《あいづち》を打ちながら、私は心の中でぞっとしていた。

何故なら彼から聞いたホールドアップのあった場所は、昨日夫と私がうろうろとしていた場所から、そう遠くなかったからだ。
あの日、早く帰ろうと言った夫の提案に乗って正解だった。
この町に慣れてきた頃だけれど、まだまだ用心せねばならない。
気が緩んだ時に、何が起こるか分からないのだ。

秋の人

第21回　ラーメンおいしいです^q^?

海外に行って恋しくなったものは、梅干でも白いご飯でも、お味噌汁でもなく、何故かラーメンだった。

不思議なことに、アメリカ国内で販売されているインスタントラーメンは塩分の規制でもあるのか、どれも味が薄くて物足りない。

私は昔ニュージーランドに住んでいたこともあり、その時は某社の袋麺に大層お世話になったのだが、だいたいどれも日本で食べるインスタントラーメンと味は同じだった。

「なんで、アメリカ国内で食べるインスタント麺はこうもおいしくないの？　それとも私が知らないだけで日本のと同じ味はあるの？」

そんなことをぶつぶつ呟《つぶや》きながら、日本人街や中華街でインスタント麺をいくつか買って来た。

職場で「ヌードル・マニア」と呼ばれるほど、連日昼ご飯をインスタント麺にして食べ続けたが、どれもなんとなく「イマイチ」なものばかりだった。

だいたい袋に書いてある、作り方からしておかしい。

何故か、水を入れて電子レンジに突っ込んで作れと書いてある。その通り作ると麺の柔らかさがなかなか均一にならず、一部はぶよぶよだったり、残りは固かったりと食感も見た目も悪い。

作り方

できた

麺の味も変で、妙に甘いのがあったり、薬草のような味が最初から付けてあったりと、好き嫌いがほとんどない私でも食べきるのに多少努力を要するようなものばかりだった。

「ああああああ！　もう袋麺には期待しない！　多少高くても店で食べる！」
箸《はし》を強く握りしめながら、アメリカ国内でおいしいラーメンに出会うまで決して諦《あきら》めないという決意とともに、最後の袋麺を食べ終えた。

アメリカでは「yelp」という大層便利なiPhoneアプリがあり、日本でいうと「ぐるなび」や「食べログ」のような機能のほかに、近所の病院や観光ツアー、薬局などの場所の検索機能も備わっている。

これがあると無いとではかなり違うので、アメリカに近々行く予定のある人はダウンロードしておいて損は無いと思う。

とくに私は地図というものがまったく読めない方向音痴なので、このアプリのナビ機能には本当に助けられた。

さて、そんな便利な「yelp」に「ramen」という単語を入れて検索してみた。

近所には、一〇軒ほどのラーメンを出すお店があることがすぐさま分かった。

職場からバスか徒歩で昼休み時間中に行ける店を計算して割り出し、リストを作り、できる限り、行けるだけ行ってみることにした。

まず最初に、会社から一番近いAという店に行ってみた。

店内はかなり込み合っており、これは期待できそうという予感に頬が思わず緩む。

「味噌ラーメンを一つ！」

注文すると、もしかすると予《あらかじ》め作っておいたの？　と思うほどの速さでラーメンが出てきた。

具はモヤシとメンマとほうれん草。

見た目は日本で食べるラーメンと変わらなかったのだが……ひと口啜《すす》ったとたん、これは違うな、と思った。

スープの味が、まんま味噌汁なのだ。それもよく知っているインスタント味噌汁の味。

インスタントの味噌汁をどんぶりに溶かし入れて、そこに油っぽい麺をぶち込んだらきっとこんな味に違いない。

店で食べてもこのレベルなんだろうか、それとも一軒目がたまたま駄目だっただけなんだろうか。

食べ終えた後、チップ込みの料金を支払い、なんとも言えない気持ちを抱えたまま、私は店を出た。

次の店のＢは、ちゃんぽん麺の専門店だったのだが味が塩コショウだけだったうえに片栗粉の塊《かたまり》がごろごろ入っていた。

その次の店のＣは、そんなに悪くなくて学食や市役所の食堂で出てくるような普通のラーメンだった。

麺もスープもインスタントのものを、調理して出しているだけのようだったけれど、日清「ラ王」級のおいしさではあった。

ただ、値段が高く昼食で一五ドル（当時のレートで一三〇〇円くらい）は払えないなと思った。

他にもいくつか店を回ったが、どこもたいてい似たり寄ったりだった。

そんな中で、職場からやや遠い店Dに夫とともに行った。

バスを乗り継がないと行けない場所にあり、さすがに昼休み中に行って帰ることはできそうになく、仕事が終わった後に向かった。

そこは細い路地の途中にあり、看板には小さく日本語で「ら～麺ありマス」と書いてあるだけで、二、三度店の前を通り過ぎてしまい、番地を順番に確認してやっと気がついた。

中に入ると、黒いTシャツ姿にねじり鉢巻《はちまき》にピアス、二の腕にタトゥーの覗く二人の若い青年が「へいらっしゃい！」と言って出てきた。

店内のメニューはほぼすべて日本語。まったく何も知らずにここにアメリカ人が迷い込んでしまうことがあれば、混乱してしまうんじゃないかなと思う。

席に着くと、暖かいお絞りが出てきて、BGMは日本のポップソング。

厨房からは、ギョウザを焼いているような匂いが漂ってくる。

ここは、おいしいんじゃないかな……と思って期待しながら、夫は醤油ラーメンを、私は塩ラーメンを頼んだ。

待つこと、一五分。

ゴトッ。

白くて四角い器に、入ってそれはやって来た……。

「ズズッ、ズッ、ズズッ……」

欧米社会では、麺類であろうが決して音を立てて食べてはいけないらしいが、客は私たち夫婦二人しかいないから、別に良いだろう。

店主らしき二人はチャーハンでも炒めているのか、厨房からジャッジャッと鍋を振るう音が聞こえる。

何が麺に載っていたかは覚えていない。

何故なら、あっという間に食べてしまったからだ。それこそ息つく暇もなく。

「おいしかったです。ご馳《ち》走《そう》様《さま》」

日本語で厨房に向かって言うと「アザッース！」と返事が返ってきた。


お会計を済ませ、ほこほことしながらバスを待ち、家に帰った。

夫は今日行った店は、遠いけどまたラーメンが恋しくなったら来ればいいねと言っているが、私としてはあそこを行きつけの終着点とするつもりは無く、更に店を探すつもりでいる。

何が私を追いたて、アメリカ国内でラーメン屋探しに駆り立てるのか、自分でも分からない。

担担麺

ベトナムのフォーも
よく食べに行きました

extra

ラーメンブームの話

モルテンの第二一回を書いた時はそうでもなかったのだけれど、今サンフランシスコは空前のラーメンブームを迎えている。

日本人街にも北方ラーメンの幟《のぼり》がはためき、少し歩けば「豚骨あります」と書かれた短冊が目に入る。

行ったことはないので、噂で耳にした範囲でここに書くけれど、シリコンバレーの辺鄙《へんぴ》な場所にメニューも接客も一〇〇％日本語のラーメン屋があり、店員は皆「一杯入魂」などの文字の入った黒いTシャツに鉢巻《はちまき》姿で、店内には一〇年くらい前に流行ったJ-Popが流れているらしい。

入店すると「ラッシャーセー！」と迎えられ、オーダーすると店員全員が「はい！　喜んでー！」と答えるそうだ。

そんな店なのにお客の七割がラーメン・マニアの米国人だという。

本当にこんな店あるの？　都市伝説じゃないの？　と半分以上疑っているのだが、この話をしてくれた同僚は、偶然ドライブ中に見つけて油麺を食べてきたという話をなぜ信じないんだ、という言葉とともに語ってくれたので、どこかに本当にあるのかもしれない。

だが日系二世のTさんに先日聞いてみたところ、そんな店は知らないし聞いたこともないということだった。

そして、彼女が言うには昔スキヤキブームがありその後にしゃぶしゃぶブームがあり日本食はスシとしゃぶしゃぶとスキヤキの三種類くらいしかないんだろうと長く米国人には思われていたそうだ。

そこにロッキー青木が創業したと言われる「BENIHANA」の鉄板焼きブームが加わった。

「なんでも流行すると、それ一色になっちゃうわよね。今のラーメンブームもそう。過去にあったしゃぶしゃぶ店の乱立によく似てる。一〇年後に何店舗残ってるか知らないけど、こんなにラーメン屋だらけの状態ってそんなに長く続かないんじゃないかしらねえ。今はアメリカのスーパーでスシは買えちゃうし、好きな日本食はラーメンと答えるアメリカ人も増えてきたけど、みんな飽きるのも早いからね」

現在サンフランシスコ内で主流になりつつあるのは、煮干し系スープのラーメンでトッピングは固くゆでた玉子と海苔とほうれん草だそうだ。

ある日のこと、私は仕事帰りに間違った路線のバスに乗ってしまった。

慌ててブザーを押して降りたのだけれど、周りに見覚えのある建物はなく、あたりに歩いている人たちも英語ではなく、スペイン語を話しているようだった。

「ど、どうしよう」

何故かサンフランシスコの市バスには時刻表がなく、バス停にある電光掲示板に表示された「あと一五分でバスが来ます」などと表示された文字を信じるしかない。

ただその文字は気まぐれに変わることがあり、一分前にはあと一五分でバスが来ますと確実に表示されていたのに、再び見るとあと四五分でバスが来ますに変わっていたりする。

日本人街のラーメン

市バスはトローリーなので、電線から屋根についたアンテナのようなトローリーポールで電気を得て走っているのだが、これがまたよく外れるのだ。

それにサンフランシスコは急な坂が多いので、バスが途中でへばってしまい乗客が途中で降されてしまうこともある。

私は夫にバスを間違えたので、家に帰るのは遅くなるとLINEで伝え、大河のように太い道を渡って元来た道の反対車線のバス停の電光掲示板を見ると、あと五〇分でバスが来ますと表示されていた。

少し空腹だったことと、夜がまだまだ冷える時期だったこともあり、私は近くで軽い食事のできる店を探し始めた。

夫と暮らすようになってから食べる回数は随分減ったけれど、昔は毎日五食はとっていたし、今も夫よりは食事の量が多い。だからちょっとくらいベーグルやサンドウィッチを一つ二つ食べたところで、夕食に影響を及ぼしたりはしないのだ。


トコトコと道沿いに歩くこと二〜三分の場所に「徳島ラーメン」と日本語で書かれた看板が目に入った。

海から吹き付ける風のせいで、耳も手の指先も痛いほど冷たくなっていたこともあって、私は吸い込まれるように店内に入ってしまった。

壁には日本語と英語でメニューが表記されており、私が徳島ラーメンを注文すると一〇分ほどで、それは出てきた。

白濁したスープにネギとメンマと、どっさりと肉が乗っていて、しばらくすると店員は「P」と赤いスタンプの押された玉子を一つ私の目の前に置いた。
「これは生卵ですが、ゆで卵に変更も可能です。徳島ラーメンには生卵がつきものです。うちは低温殺菌された生卵を仕入れているので、衛生面では問題ありませんよ」

英語で説明を受け、とりあえずそれがつきものだというのなら生卵の方を下さいと頼んだ。

「P」のスタンプはUSDA認可の「殺菌済み卵（Pasteurized Eggs）」のことだったかと思いながら、卵を割り入れて、食べた徳島ラーメンはスキヤキと豚骨ラーメンを一緒にしたような味がした。

たっぷりと入っていた肉が、甘辛く醤油と砂糖で煮付けたような味だったのが原因だと思う。

ちなみに私は今まで一度も「徳島ラーメン」を食べたことがないので、これが日本の徳島で食べる本場の味に近いのか、アメリカ流にアレンジされているのか判断は出来ない。

ラーメンを食べ終えた後、バス停に向かい電光掲示板を見るとあと三〇分でバスが来ると表示されていた。

私はネズミのようにバス停の周りをくるくると歩きながらバスを待ち、やがてやってきたバスに飛び乗り、たまにはいつもと違う場所に来るのも悪くないかもしれないと、家で心配しながら待つ夫のことなどすっかり忘れて勝手なことを考えていた。

いつか本場の徳島ラーメンを食べてみて、それには本当に生卵がつきものなのか、トッピングされた肉はスキヤキ味なのかを確かめてみたいと思っている。

日本人街のラーメン②

第22回　ナパへの道①

「あら、ナパを知らないの？」

「ナパには行った方がいいわよ〜、この世の天国ね、あそこは」

「絶対行くべき場所ですよ、ナパは最高だから」

サンフランシスコに来てから、何故か「ナパ」という土地に行くことをいろんな人におすすめされた。

銀行員、アパートの隣人、職場の仲間、たまたま出会った人……みんなグルなのではないかと疑いたくなるくらい、熱心にすすめてくる。

私はここにやって来るまで、そんな名前の土地があることすら知らなかったのだが、調べてみるとワインで大層有名な土地らしい。

正確にはナパ・ヴァレーというそうだ。

ナパ

街中《まちなか》の美容院に髪を切りに行った時に、台の上に置かれた雑誌に「ナパ特集」と書かれていたので手にとってみた。

笑顔で葡萄《ぶどう》を積む人たちの写真が載っている。

横には小さな地図がついており、サンフランシスコから車で一時間ほどだそうだ。

近くには温泉があり、美味しいレストランもたくさんあると書いてあった。

「あら、ナパの写真じゃない？　行ったことあるの？」

髪を切る美容師が、ガムを噛《か》みながら私に訊ねてきた。

右と左の髪の長さが早くも違うが、耳に掛ければ問題ないだろう。

海外で髪を切るのは久々の体験なので、かなりドキドキしている。

「いや、ないけれど。素敵な場所らしいね」

とたんに、鋏《はさみ》を持ったままの手で大げさに片手を大きく振り上げ、さらに大げさにバレリーナのようなポーズを取って、彼女は「嗚呼《ああ》、ナパ」と言い出した。

「あそこは良いわよ、みんなが酔っ払っていて、幸せな土地なの。ワイナリーに行けば、ワインの試飲ができるし、風景はどこを見てもまるで絵画のようよ。どこを見ても目も心も満たされるって感じね」

「へぇー、そうなんだ」

ナパの素晴らしさの大演説を終えてから、彼女は私の髪に戻った。早速、

「左右の髪の長さが違わない？」

と言ってみたのだが、彼女に「だいたい同じで、可愛く見えるわよ」と返されたので、切り直してもらうのは諦《あきら》めることにした。

「ナパはね、酔っ払って運転してもほとんど捕まらないのよ」

「えっ?」

「あ、ナパに行く途中の看板はすごいの、あれはきっと写真に撮っておいたほうがいいわ。酔っ払いでも見えるように、標識がとてもカラフルで、とても大きいの」

「あの、それってあまり警察官が取り締まってないから捕まらないってことですか?」

彼女との会話の噛み合わなさに、やや不安を覚えながら質問を投げかけてみた。
「ナパに行くとね、みんなワインがおいしいからガブガブ飲んじゃうわけ。で、酔っ払うでしょう? おまけにナパにはタクシーが無いのよ。あっても一、二台くらいじゃないかしら。だって、見かけたことなんてないもの。だからみんな自分の車を運転して移動するしかないの。そんなわけで酔っ払い運転が多いけど。昔ね、警察官が厳しく取り締まったことがあったの。そしたら観光客が減ってナパの税収が落ちたのよ。だから、ほら、なんていうの、知ってて見ぬふりしてるんだと思う」
適当にザクザクと髪を切る彼女の証言をどこまで信用していいのか分からないけれど、手に持っていた雑誌に載っているナパの写真は確かに美しく、一度行ってみようという気になった。

第23回　ナパへの道②

翌週、私は右と左を混同する気があるためアメリカでは運転をしないことに決めているので、ハイヤーを呼んでナパに向かった。

夫も天国のような土地に遊びに行くんならいいけれど、死んで天国に行くのは嫌というので同意してくれた。

「お客さん、ナパに行くならどこを見て回りたい？　どれくらい飲める口？」

ちょっと太り気味のドン・コルレオーネ似の運転手に尋ねられ、とりあえずどこを見て回るかは決めていないことと、おすすめがあればそこに行って欲しいと伝えた。

お酒の飲める量については、普通と答えておいた。

私と夫は日によって飲める量が違うタイプなので、どれくらいイケるのかは自分たちでもよく分からないのだ。

口笛を吹きながらご機嫌な様子で、運転手は車を出発させナパへの一時間ちょっとのドライブをまずは楽しんだ。

郊外のサンフランシスコは、牧場や畑が広がっていて、のんびりと牛が芝を食《は》んでいる。

途中、美容院で聞いた大きな派手な標識を探したが見つからなかったが、事故を起こしたのか横転した車の傍で見るからに途方にくれた青年たちを見かけた。

彼らが酔っ払い運転のすえ、ああなったかどうかは分からない。


「ワイナリーだけど、まずは『イングルヌック』に行くよ。次は隣にある『ロバート・モンダヴィ』。ところで、ワインは赤と白どっちが好きなんだい？」

私と夫は赤と答えた。

「そっか、赤か～。実は俺は泡が好きでね。知ってるのはスパークリング・ワインのワイナリーがメインなんだよ。だから飲んだことはないけど、噂で良いってよく聞くワイナリーを紹介しとくよ。試飲は昔、どこのワイナリーでも無料だったんだけどね、座り込んで飲むような輩《やから》や観光客が増えたから有料になっちゃったんだよ。だいたい一〇～二〇ドルくらいで二、三杯、多いとこじゃもっと飲ませてくれる。でも酔うとワインなんか、みんな同じ味だと思うけどな。ワインをその場で購入すると、テイスティング料が無料になるとこもある。ま、ワイナリーごとにルールが違うからその場で聞けばいいよ。俺は入り口まで案内したら、あとは車の中で待ってるから。存分に飲んでこの世の楽園を楽しんで来てくれよ」

ヴィンヤード

イングルヌック

イングルヌック外観

最初に向かったイングルヌックは、映画『ゴッドファーザー』の監督として知られるフランシス・フォード・コッポラ氏が所有するワイナリー。

丁度、葡萄《ぶどう》を収穫している真っ最中で、皆忙しそうに働いていた。

収穫1

収穫2

葡萄畑

葡萄棚

たわわ

運転手の話によると、ここは俳優や女優志望の人が多くいるので、美男美女が多いそうだ。

私はここで働いている人々よりも、運転手のほうがよほど俳優のように見えると伝えると、嬉しそうに大声で笑いだした。

「本当かい、そんなことは今まで言われたことはないよ」

ワイナリーの中には映画に関する博物館があって『ゴッドファーザー』ファンの夫は子供のようにはしゃいでいた。

コッポラの博物館での夫氏

コッポラ

ここで味わったワインはタンニンの濃い、血のような赤いワインで肉料理によく合いそうだなと感じた。

次に行った、ワイナリーのロバート・モンダヴィは白い建物が緑の芝生に映え、観光客が大勢いた。

モンタヴィ

テイスティングルームでは、来週で一〇〇歳になるというおじいちゃんが目を細めてワインを味わっていた。

「美味しいねえ、こういうワインを飲むともっと長生きしなきゃって思うよ。さて、私が一世紀生きた記念に飲むワインはどれにしようかな」

横では孫娘が飲みすぎないでねと言いながら、おなじように赤いワインを傾けている。

お昼前に着いた三つ目のワイナリーは、V.サトゥイ。

ここのワインはここでしか購入できないらしい。

薔薇《ばら》が咲き乱れ、ワイン樽のテーブルが置かれたピクニックエリアがあり、大きな煉瓦《れんが》造りの建物に入ると人でごった返していた。

V.サトゥイ

バラ

コルク

順番待ちの末、なんとかカウンターの隅に場所を取ることができたので、テイスティング料を払うとワインリストが手渡された。

ここの中からいくつか選んでほしいと伝えられたので、適当に選んだのだが、それがいけなかったらしい。

「君が頼んだのは順番がめちゃくちゃだ。まずは軽い白か赤かロゼ、もしくはスパークリング。次に重めのワイン、最後に甘いデザートワインを言わなきゃ」

よく見ると、ワインの味の説明が名前の下についている。

なるほど、テイスティングを頼むにも順番があるのだなと思いながら、いくつかをピックアップして飲んで気に入ったボトルを二本購入した。

テイスティング

ピクニックエリア

ここのワインは蝋封《ろうふう》で、お土産としてもよさそうだった。

店内にはパンや多種のチーズを陳列した、デリショップがあり、ここで買ったワインとともに外のピクニックエリアで楽しむことができた。


最後のワイナリーは名前を忘れてしまった。

何故ならこの時点で、かなり酔っぱらってしまっていたからだ。

酔い覚ましに、石灰の味のするナパの湧水とやらを飲み、少し休んでから向かったワイナリーは普通の民家と見まがうほど小さかった。

葡萄畑の中にぽつんと立っている建物の中に入ると、ハキハキした喋りの明るい女性がテイスティングカウンターを一人で切り盛りしていた。

カウンターの横には、大きな熊とイノシシの頭のはく製が飾られている。

ほろ酔いの体で飲むと、ほっとするような味のシャルドネがカウンターの上に置かれた。

「シャルドネは飲まないとか、嫌いとか言う人でも、ここのはおいしいって言ってくれるのよ」

外の葡萄畑から入ってくる風が、酔ってほてった体に心地よく感じる。

あまりにもおいしかったので、さらにシャルドネを二本購入してしまった。

お客は私たちだけで、次はとっておきとおすすめされたピノがグラスに注がれた。

「綺麗なアメジストのような色でしょう。これも自信作なの」

飲むと微《かす》かに花のような香りがした。

「そこの熊とイノシシはね、オーナーが撃ったの。どちらも素晴らしいお肉だったわ。ワインとの相性も抜群だったのよ。イノシシはそこの葡萄畑に出たの。毎日畑の見回りに出ているけど、時にはそういうお客さんもいるから命がけ。ワイン作りは勇気と体力と運が必要なの」

ほどよく冷えた薄い蜂蜜色《はちみついろ》の液体を再びすすめられ、飲んでから、カウンター横にあったイノシシと熊と写真撮影もさせてもらい、お礼を言って外に出た。

イノシシ

熊と夫氏

時計を見ると、四時前。

この辺りは街灯もなくて暗く、ワイナリーも五時前に閉める場所が多いと聞き、そろそろ帰ることにした。

「ナパは星の数ほどのワイナリーがあるし、来るたびに発見がある。フランスなんかに負けないおいしい酒とレストランがあるから、何度も通ってこの土地のファンになってくれると嬉しいよ」

運転手はまるで自分の誇りでもあるかのように、帰り道の間ナパの素晴らしさを語り続け、ほろ酔いの頭でそれらの言葉をなんとか聞いて理解しようと努力する間にサンフランシスコに着いてしまった。

確かに皆がおすすめするとおり、すごくいい場所だったような気がする。

夫がこの翌日から、ワイン関係の本を買いあさるようになり、帰国後もワイン屋巡りにハマることになってしまうのだけれど、それはまた別のお話。

extra

結婚式を挙げますか？

夫と私の結婚の経緯は本当によく分からない。

デビュー時期が近いので、割と前からお互いの存在は知っていたのだけれど、とくに話をするわけでもなく、イベント会場などで見かけても、なんかいるなあ……くらいの認識しかなかったような気がする。

入籍は気がついたらしていた感じで、籍が入った後もしばらく大阪と東京で別々に暮らしており、それについてお互いに不満もなかった。

でも、ハッと気が付くと二人で大阪の片隅に一緒に暮らしており、家で何か食べていたりする。

夜に目を覚まして横を見ると、なんでここにいるんだろう、これは誰？　みたいな錯覚に襲われた時期もあり、夫などいまだに自分が生まれ育った札幌にいるのか、学生時代を過ごした仙台にいるのか、働いていた東京にいるのか、混乱することがあるという。

まあそんなこんなでなんとなく、一緒にいて、友人や知人の力を借りて東京の都内にあるレストランで結婚のお披露目パーティーも行うことが出来た。

それから数年が経過したが、何も変わることもなく海外と日本を往復しながら文章を書いたり、会社の仕事に追われる日々を過ごしている。

サンフランシスコでの生活も落ち着いてきた頃に、急に夫が、

「結婚式を挙げない？」

と言い出した。

思い返せば、その提案は開けたワインのせいだったかもしれない。

「結婚式？」

「うん。結婚式」

「誰か呼ぶの？」

「ううん。二人でやろうよ。場所はどこがいいかな。前に行ったナパなんかどうだろう」

「ナパですか」

「うん。ナパ」

「確かに花嫁さんや花婿さん、たくさんいたね。でも、どうやって準備するの？」

「そういうのやってくれる職業の人がいるらしいよ」

「ふうん。誰か心あたりあるの？」

「ないけど、ネットで調べれば見つかるんじゃない？」

「そういうもんなの？」

「そういうもんだよ」

二人とも酔っていたので、このやりとりは大まかにしか覚えていないけれど、たぶんこんな感じだったと思う。

翌日、会社の昼休み時間になんとなく「結婚式＋準備＋ナパ」などのキーワードを入れてネットで検索してみると複数の業社がヒットした。

――夫婦二人で小さな結婚式を挙げようと思うのですが、何から始めていいのかわかりません。準備すべきものが何かさえも分かっていないのですが、ナパで挙げれればよいなと思っています。こんな状態なのですが、準備期間や予算についておおよそでいいので、目安を教えて頂くことは可能でしょうか？

こんな感じの内容のメールを業社に送ってみたところ、三日以内に返事が揃った。
一社は、何百人規模の挙式をメインに取り扱っているので、二人だけというのは取り扱えないという内容で、別の会社は準備に一年半は見てほしい、その間できる限り何度も面会したいと書いてあり、最後の一社はどんな規模でも取扱いが可能で、準備には数週間でも対応出来るということだった。

予算についても、予想していたよりも安くすみそうだったので、家に戻ったあとで夫にここでどうだろうと提案してみたらすんなりＯＫが出た。
準備には一、二ヶ月を目途に、書店でウェディング関係の雑誌を買ったりしながらいろいろとイメージをふくらませることにした。

夫は言いだしっぺにもかかわらず、たいていのことは私に任せると言ったきりだったが、お世話になった会社のウェディング・プランナーさんによれば大抵国籍や人種を問わず夫というのはそういうものだという話だった。

とてもアットホームな会社で、式の前のやりとりはほとんどメールだったのだが、どんな細かい質問にも親身になって答えてくれた。

どうも、女性一名がやっている会社にようだったのだけれど、長年の経験があるらしく漠然としか挙式のイメージのない私によく付き合って形にしてくれたものだと思う。

さて、そんなこんなでナパでの挙式の当日を迎えた。

夫からひとつだけ要望があったのだけれど、それは何故か式のバック・ミュージックはハープがいいというものだった。

当日は幸いなことに、空も青く晴れ、ウェディングドレスの入った袋を持って、迎えに来てくれた車に乗り、私たちはナパへと向かった。

ナパの朝

ナパの牛

extra

結婚式を挙げますよ

結婚式を挙げる予定の場所に到着し、メイクとカメラ担当の人と軽く打ち合わせをしてから準備に取り掛かることになった。

場所はナパを一面に見渡せるバルコニーを持つホテルで、私たちにとっては高い値段だったけれど折角の記念だからということでそこを選んだ。

もし、天候が雨だった場合、ここなら屋内スペースがあるのも理由の一つで、この年のナパは割と天候が不順だったので保険をかけておくことにしたのだ。

ナパは結婚式を挙げる場としても人気で、ワイナリーや葡萄畑等、屋外で挙式を行う人が多い。

緑色の芝生の上を歩く白いドレスに包まれた花嫁の姿を見て、私も最初はガーデンパーティーのような式をどうせだったら挙げてみたいなあ……と思っていたのだが、夫の「二人しかいないのに？　ああいうのって参列者が多くないと寂しくない？」という声で断念してしまった。

ウェディングドレスは、米国ではレンタルを行っているお店がないと聞いていたので、リサイクル・ショップで購入した。

前の持ち主が私と同じような体形だったのか、全くサイズ調整の必要は無く値段も非常に手ごろだったので助かった。

使い終わったらまた引き取るよとリサイクル・ショップの店長が言ってくれたのも有難かった。

バルコニー

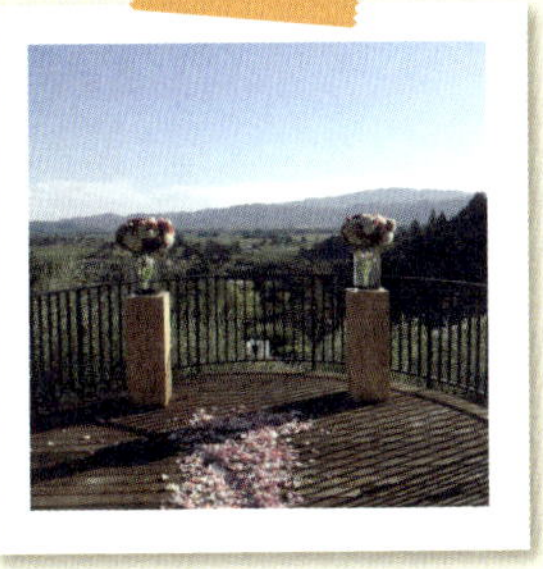
バルコニーからの風景

ウェディングドレス

メイクブラシ

私は普段全くと言っていいほど化粧をしないので、メイクさんにしてもらうのは何となく気恥ずかしいというか、照れくささがあった。

夫は家から持って来たスーツを着れば準備完了なので、ワインを飲んだり会場の庭に来る野鳥を眺めたりしてのんびりと過ごしている。

化粧と髪の毛をセットし終えた私を見るなり夫は不思議そうな表情を浮かべた。

「化けたなー、普段からちょっとは化粧すりゃいいのに」

「化粧したらしたで、下手とか狸とか、青あざみたいとかいろいろ言うじゃん」

「そこで止めちゃうから駄目なんだよ。修業しなさい。毎日すればきっと上達するよ」

「うーん……」

「妹さんに聞きなさい。さすがの僕も化粧まではアドバイス出来ないから」

「じゃあ、帰国したらちゃんとするよ」

「式を挙げるんだから、少しはお互い変わらないとね。しかしもう、何年経つんだっけ?」

「三年だよ」

「早いなあ、知り合ったのがつい最近みたいに感じる」

「そうだねえ」

髪の毛はウィッグという案もあったのだけれど、私の髪の色に合うものがないのでコテを当てて毛先をカールさせて少しボリュームを出して纏めることにした。

準備中

完了

ドレスの着替えとメイクと髪の毛のセットでかかったのは一、二時間だっただろうか。
これまた慣れないヒールを履いて、すっ転んだりしないだろうかと心配顔の夫に見守られる中、式を挙げる予定のバルコニーに着いた。
メールと電話で、準備について何から何までお世話になったウェディング・プランナーさんがブーケに合わせた色の花びらを撒いていていた。
ハープの澄んだ音色が流れ、幸いなことに天気もよく気温もちょうどいい。

夫はもう入籍してから何年も経つというのに、急に緊張したような表情になり全文英語で丸暗記したという誓いの言葉を小声で浚《さら》い始めた。

私も急に不安になりはじめたので、グローブの下に小さく書いたカンニング用のメモを見ながら復習していると、プランナーさんは、牧師さんの言うことに従ってゆっくり言えば大丈夫ですよと教えてくれた。

ブーケを手に持ち、バルコニーの端に立つと牧師さんが現れた。

彼はハープを見るなり、おお！ と声を上げてこう言った。

「いい楽器があるじゃないか、私はアイルランド人なんでね、ハープを見ると嬉しくなるんだよ」

牧師さんは明るい人で、私の緊張は一気にほぐれた。式の前にお互いを知るために少し話をしたいと言ったので、ハープの音を聞きながら質問を交わしあった。

ハープは夫が聞きたいと言ったから頼んだだけで、当日来る牧師さんがアイルランド系の人だったのは本当に偶然だった。

撒かれる花びら

ハープ

花束

牧師さんは指揮者のようにハープの前で軽く手を振る動作を見せた後に、私たちの肩に手をおいてアイリッシュ訛《なま》りなのだろうか、ちょっと変わったアクセントがあったけれど、私たちにも聞き取りやすいように、分かりやすい単語を使ってゆっくりと話してくれた。

「キリスト教について何か知っているかな?」

「私はキリスト教徒ではないけれど、昔ニュージーランドに住んでいた時にアングリカン・チャーチにはよく行きました」

「なら、アイルランドやケルトに関することは?」

「あまり知らないです。えっとセイント・パトリックっていう聖人がいて緑色の服を着てるんですよね、そしてクローバーで三位一体を説いたんでしたっけ?
そしてギネス・ビールがあって……」

「それだけ知ってれば十分。さて、家族構成を教えれる範囲でいいので聞いていいかな、ここに来れない人のスピリットを呼びたいんだ」

スピリットというのが今一つ信仰心に欠ける私には、どういったものかは分からなかったけれど、家族構成を告げると牧師さんは深く頷き式を始めようということになった。

ハープの曲が変わり、バルコニーの中心に立つ牧師さんの合図が送られた。

ブーケを持ち、花弁の敷き詰められたバルコニーを歩き、夫と向き合い誓いの言葉を交わした。

牧師さんは指輪交換の後、私たちの手の上に掌を載せてスピリットを呼び、祝福の言葉を告げてくれた。

時間にすれば式は数十分の長さだったと思う。誓いの言葉は何度もトチってしまったけれどなんとか最後まで言うことが出来た。

誓いの言葉

エンゲージリング

ブーケ

ウェディングケーキが出され、シャンパンの栓《せん》がポンっと勢いよく抜かれた。
ケーキはお互い作家ということで、本の形にしてもらった。

こっちのケーキは脳みそが溶けそうなくらい甘いものが多いので、作ってもらう時に甘さ控えめにしてと頼んでおいたのだけれど、ファースト・バイトで口に入れたケーキは十分甘かった。

それでもとっても美味しく感じたので、シャンパン片手に花婿より沢山、バクバクと食べてしまった。

牧師さんもシャンパン・グラスを手に目を細めている。

ウェディングケーキ

これで式は終わりなのだけれど、折角なのでナパの町をこの恰好のままドライブして周ることになった。
迎えに来た車の運転手さんは、俳優のような渋い二枚目の男性だったのだけれど、照れ屋なのか、わたしの車の方がハンサムですよと言ってなかなか写真を撮らせてくれず、最後に夕暮れ時になって車と一緒に写すことを条件に一枚だけ撮らせてもらった。

ナパの町は挙式シーズンだったのか、私たち以外にも結婚式を終えたばかりという出で立ちの人々がいて、お互いに祝福の言葉を交わしあった。

沢山の見知らぬ街の人や観光客も「おめでとう！」と言ってくれたのだが、中には「明日から地獄だが頑張れよ！俺なんか地獄に三四年もいる!!」という言葉を夫に耳打ちするように告げた中年男性もいた。

ヒールを履きなれてないせいで、早々とヘタってしまった私だったが、運転手の人が気を聞かせてナパのいろんな景色を見せてくれた。

葡萄は丁度、収穫期で木々は重たそうな実を垂らしている。

運転手にナパの景色を褒めて伝えると、照れくさそうに笑いながら話してくれた。

「もう少しすると紅葉が見事で、ここはもっと美しい景色に包まれます。ジビエのシーズンも始まり、ワインと合うのでその時期にまた来るといいですよ」

照れ屋な運転手さん

葡萄

たわわな果実

日が暮れた頃に、昼間式を挙げたバルコニーのあるホテルに戻ると、部屋にカードと昼間飲み残したシャンパンが冷やされていた。

夫はお酒もあるし、今晩の晩御飯はここにしようと提案してくれたので着替えてメイクを落とし、ホテルのレストランへ向かった。

ナパの夜空は粉砂糖を撒いたように、多くの星で覆われ、昼間は少し汗ばむ程の陽気だったにも関わらず日が落ちた後は羽織る物があっても肌寒いくらいだった。

レストランに入ると、覚えられていたのかお店の人と、お客さんから「結婚おめでとう!」と声をかけられた。

昼間残したシャンパンを飲みながら、おすすめの料理とデザートを頼もうとすると、今日はデザートだけは頼まない方がいいですよ、とお店の人に言われてしまった。

何故かというと、昼間のケーキの残りがまだ少しあるのでそれを出したいからということだった。


ナパのレストランは、どこも美味しいという評判だけど、ここのはその中でも特に素晴らしいように感じた。

料理の写真は撮影しなかったので、細かく出されたものは覚えていないけれど、お野菜もお肉も素材そのものの味を感じさせてくれる、ナパの土地ならではの一品だった。

食後の出たケーキは、チョコレートで「congratulations!」と書かれていた。

シャンパンはとうの昔に空となり、ナパのワインのボトルを開け、上機嫌のほろ酔い気分で結婚式の一日は終わった。

部屋に帰った後も、ナパに来たんだからということでワインをあれやこれやと飲み続けたせいか、翌朝は酷くはなかったけれど軽い二日酔いになってしまっていた。

ホテルの朝食メニューに日本食の文字を見つけたので頼んだら、デデーン！　と大きいシャケの切り身に目玉焼きに、たっぷりのお味噌汁が出て来た。

夫は中華風のおかゆを頼み、美味しそうに食べていたので、そちらの方が胃に優しかったかもしれない。

congratulations!　ケーキ

蝶のとまったケーキ

朝食の和定食

今日も幸いなことにいい天気で、気温も丁度いい。

甘い熟れた果実の香りがするのは、どこかで収穫した葡萄を絞っているからだろうか。

入籍してから何年も経った後に、二人だけとはいえ結婚式を挙げたことで何か変わったことがあるだろうかと今考えてみると、何もないかも知れない。

ただ、とても良い思い出になったので、やって良かったとは思っている。

ナパで結婚式を挙げようという夫の提案には、今もなお感謝し続けている。

写真は全て Yuri Photography

くつろぐふたり

無事に終了

第24回　モルテン、帰ります。

ナパから帰ってきてからというもの、ワインにすっかり取り憑《つ》かれたようにハマってしまった。

ワイン関連の本を買い、酒屋でテイスティングがあると知れば出かけて行った。

さて、そんなこんなで日々英語と戦い、夜はほどよく酔っ払ったり、原稿を書いたりするうちに、気がつけば日本に帰国する日が来てしまった。

光陰矢のごとしと言うけれど、本当にあっという間だったような気がする。

アパートの掃除を済ませ、不用品は寄付したり職場の仲間に譲ることにした。

日本では誰も使っていなさそうな古い掃除機も、ガタつく椅子と机もインターネット上で取りに来てくれる人に限ると広告を出してみたところ、瞬く間に譲り先が決まって、家具は去り、部屋は急に広くなった。

布団

マットレス

こんなふうにして運びました

アメリカ生活最後の日、夫が少し街を見て回りたいと言ったので、近所を少し散歩してみることにした。
空は青く、雲の影さえ見えないほどの快晴で、カリフォルニアの太陽が、目が痛いほど強く照りつけている。

街の風景

「いろいろあったね」

「そうだね」

「どうだったアメリカ？」

夫は少し考えてから、複雑な笑みを浮かべた。

「地味なことが辛《つら》かったかな。毎日同じカフェでコーヒーを頼んでたのにある日は通じないとか、大きな書店が近所に無いとか。それに喋る人が、君だけっていうのも地味にこたえた。小説書いてる間はひとりだし、家に帰っても君しかいないし、海外だと時差もあるから日本国内にいる人たちとは疎遠になりがちだしね。何か習い事でもやってればよかったかも知れない」

「習い事やるとしたら、何？」

「迷うなあ、手芸もいいしバーナーワークもやってみたいし。何か作る作業がいいな」

「今度来るときはそうしなよ」

「長すぎる滞在は、年齢的に堪《こた》えるよ」

「まだ若いよ」

「どうかな、少なくとも、モルテンの背に乗れるほどの元気はないよ」

「昔はあったの？」

「あったかもしれない」

日本人街

とりとめのない会話を交わしながら、水パイプのお店、イタリア人街、日本人街、教会、駅、公園の噴水、あちこちを二人で確かめるように歩いて回った。

アパートに戻りすっかりガランとした部屋で、コーヒーを淹《い》れて予約した空港行きのシャトルを待つ。

アパートの部屋

アパートのソファー

アパート

窓の外から忙しないクラクションの音が聞こえてきた。

もうここを去らなくてはいけない。

アパートの鍵は封筒に入れて、そのままソファーの上に置いておいてくれと、数日前に管理人から置手紙で知らされた。

結局ここに滞在中の間、一度も彼に会うことはなかった。

やたら力を入れなきゃ閉めることのできない窓、中庭の風景、気まぐれに温度を変えるので、使い方がえらく難しい電気コンロ。

全てに別れを告げて、扉を閉めた。

フライトスケジュール

空港

連載はここで終わりだけれど、ここまで来て、あのエピソードも書きたかったとか、後になって、思い出したエピソードもたくさんある。

例えば、ふたりでささやかな結婚式をあげたことや、酔っ払って酷い失敗をしでかしてしまったことや、幽霊ハンターに出会ったエピソードなど、あげていくと切りがない。

二十四話の間に語りつくせなかったアメリカでの思い出話も、いつかどこかで披露《ひろう》できればと思っている。

さて、今夜はどのワインを開けよう。

帰国時に持って帰ってきた、とっておきを開けるのは今日のような気がする。

ナパのワインを開けて、目を閉じてゆっくりと味わうと、まだ私はあそこにいるような気持ちに戻ってしまう。

夜だというのに、外から鴉《からす》の鳴き声が聞こえてきた。

いや、あれはモルテンの抗議の鳴き声だったのかも知れない。

あとがき

サンフランシスコ

街から見下ろす海

アメリカに行ってみて実感したのは、広大で、州ごとに全く違う顔を見せることだった。西と東と内陸では気候も住んでいる人も全く違う国のように感じてしまい、一言でアメリカを言い表すことは出来ないんだなと思い知らされた。

アメリカに来て一番強く思ったのは、もっと若い頃に来たかったということで、理由は体力と昔ほどカルチャー・ギャップに対する耐久力が無くなったと実感することが辛かった。

タクシーを呼んで「二時間後くらいに行けたら行く」と言われて一方的に切られたり、眩暈《めまい》がするほど大きなスーパーで、こりゃまた巨大なカートで移動し、そして日本では考えられないほどゆったりとしたレジに並んだり、そういう日々が確かにちょっと疲れた。

電車に乗っても時間通りに来る方が稀《まれ》で、電光掲示板には無残にも「キャンセル」の文字が並ぶ。

何故だか異様にこの国はストが多く、電車が一時間遅れたからといっても平然としていなくてはならないタフな精神が必要なのだ。

キャンセルの並ぶ電光掲示板

カルトレイン内部

ある日のこと、カルトレインに乗ってサンフランシスコからシリコンバレーに向かった。

そこで悠々と私の降りる予定だった駅を電車が通り過ぎていったので、一瞬パニックになりかけた。

「この電車は急行に変わりました、さっきの駅で降りる予定だった人は次の駅で降りて戻ってください」

こんなアナウンスが流れ、肩を落とす私に横に座っていた感じのいい老婦人が話しかけてくれた。「あら、あなたももしかしてさっきの駅で降りる予定だったの？　私もそうよ。でも諦めなくっちゃね。これがアメリカだもの」

「これがアメリカ」という言葉を聞いて、日本だったら……という不満を私は閉じ込めることにした。

そうだ、ここは異国で日本の常識と比べる私の方が変なのだ。

帰りの電車はストのせいで散々待たされた上に急な停電で、真っ暗だったが、これがアメリカという言葉を言い聞かせれば少しだけ不満も収まるような気もした。

もちろんこれは、気がしただけだったけれど……。

電車の座席

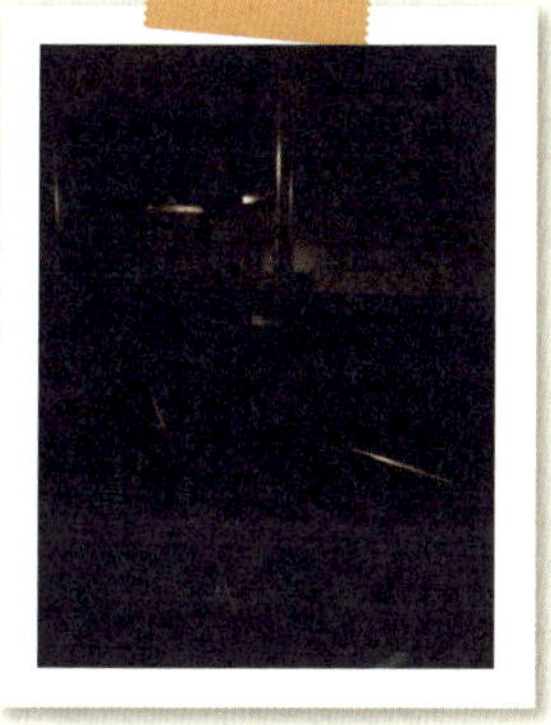

停電した電車内

遠い海を渡って来た日本人は、この国を見て最初どう感じたのだろうと、日本人街にある看板を見て、考えてしまうことが何度もあった。

ルールが違う、文化が違うという戸惑いに昔ほど柔軟に対応できなくなっている自分自身に、時々無性に腹が立つこともあった。

サンフランシスコ空港への道

日本人街

帰りの飛行機から見た風景

アメリカも次で五回目の訪問となる。

やっと付き合い方と、トラブルとの向き合い方や、ほどよく何かを諦める勘が身について来た。

まだまだ見ていない場所や知らない場所も多く有り、昔ほど無鉄砲でなく、体力も衰えたとはいえ再び行ってみたい国だ。

夫は私と結婚してから毎年海外に数か月間は滞在するという生活スタイルになってしまったけれど、もともと研究職員だった時代に海外出張を幾度となく経験しているせいか、それほど苦ではないらしい。

でも、困っているというか、これだけどうにかして欲しいとつい願ってしまうことは幾つかある。

例えば私たちの場合、職業柄最も深刻なのが書店不足だった。

日本という国は私の知る限り、書店の数も刊行点数も多く本を手にして読むという生活を送るにあたってこれ程充実したところは無いと思う。

アメリカは最大手の書店チェーンが破たんしてから大型書店が激減し、サンフランシスコ内でもめぼしい書店というのは個人経営の昔からある書店と古本屋があるだけで、なんでも揃う書店というのは無い。

大型書店はよほど郊外に行かないと無い状態で、そこでも置かれているのは映画化された作品やベストセラーばかりだったりする。

夫は毎日本屋に行かないと死んでしまう魚のような人なので、アメリカでは本当に困っていたようだった。

日本も年々書店が減っているので、そうならないで欲しいなと切に願っている。

書店で見つけた気になる本

帰国後に見た東京駅

私のアメリカで生活するに当たっての希望は、銀行と小切手のシステムがもうちょっとどうにかならないか、よく残高や入金が間違っていることがあるけれど、日本じゃありえないぞということと、組み立て式じゃない安い家具の普及である。

夫の希望は、本人に直接聞いたわけではないから私の予想になってしまうのだけれど、大型書店が増えて欲しいことと、コーヒーショップで、たとえそれが日本語発音だったとしてもコーヒーと言ってるんだから察してコーヒーを出して欲しいということだろうか。

また近々アメリカに行くことにはなりそうなので、その時の体験も書き溜めておこうと思う。

extra

おいしいサンフランシスコ

サンフランシスコ滞在中に見つけたおいしい店を紹介します。

場所や営業時間などは変更があるかもしれないので、訪問される場合は事前に確認をお願いいたします。

店によっては近くに、あまりガラのよくない地域があるのでご注意を！

アメリカは日本ほど安全でないことは必ず念頭において行動して下さい。


「Hog Island Oyster Co.」

フェリー・ビルディング内にある新鮮な牡蠣《カキ》を提供することで有名なお店。

牡蠣をオーダーすると、カクテルソースとしてパクチーの入った酢と、タバスコ、トマトソースが付いていました。牡蠣を食べるならここ！　と言う地元の人も多いです。

フェリー・ビルディングでは土曜日に、本の中でも紹介したファーマーズ・マーケットが開かれています。

建物の中の飲食店はどこもおいしいのでとってもおすすめ！

ただ、閉店時間が早い店が多いので気を付けて下さい。

季節によって変わるサラダや、オイスターのシチューもおいしいです。

付け合せのパンについたバターも濃厚で、思い出しただけでも涎《よだれ》が出てきます。

海を見ながら新鮮な牡蠣をたっぷりどうぞ。

ただ人気店なので、曜日や時間帯によっては行列を覚悟しなくてはいけません。

Hog Island Oyster Co.

サラダ

オイスターのシチュー

パンとバター

牡蠣

住所　1 Sausalito - San Francisco Ferry Bld. 11A, The Embarcadero San Francisco, CA94111 アメリカ合衆国

営業時間　11時30分～20時00分

HP　http://hogislandoysters.com/

「Fat Angel Food & Libation」

日本人街から坂を下った場所にあるフィルモア地区の小さな店。

地元の人が集まる飲み屋で、驚くほどたくさんの種類の地ビールが味わえます。

提供されるおつまみはどれもボリューム満点で、とってもおいしいです。

金色の天使が目印で、近くにスターバックスと大型スーパーがあります。ここも人気店なので時間帯によってはとっても込み合います。

アメリカ国内で作られた地ビールなんておいしいの？　と思った方は一度この店を訪ねてみてください。ねらい目は開店直後の時間帯です。

Fat Angel Food & Libation

おつまみ

地ビール

住所　1740 O'Farrell St, San Francisco, CA 94115
アメリカ合衆国

営業時間　16時00分～0時00分

HP　www.fatangelsf.com
https://twitter.com/FatAngelSF

「Red Door Cafe」

散歩中に見つけてふらりと入った店。

ベトナム風の料理が多く、子供連れの客でも店員さんの気配りが細かいので安心です。

大根餅や魚料理に生春巻き等、アジア風にアレンジされた料理が楽しめます。

近くにはオシャレな店も多く、買いもの帰りに寄るといいかもしれません。

Red Door Cafe

魚料理

生春巻き

大根餅

住所　1608 Bush St, San Francisco, CA 94108
アメリカ合衆国

営業時間　月〜金曜日：10時30分〜1時00分
土〜日曜日：9時30分〜1時30分

HP　http://sanfrancisco.menupages.com/restaurants/red-door-cafe/menu

「Baker & Banker」

どうしてここを今まで知らなかったんだろう、と後悔してしまったほどおいしい店。

昼間はパン屋さんで、夜はレストランとして営業を行っています。

パン屋さんだけあってパンはどれも絶品！　ふんわりしていて、お餅のようにモチモチした小麦の香りがする焼き立てパンや、どっしりと重たい酸っぱめのライ麦のパンに、スパイスがたっぷり練りこまれた棒パンなど、いろんな種類をお料理と一緒に楽しめます。ワインリストも充実していて、何度も通いたくなるお店です。

ここで食べたBLTとパンの味が忘れられません。

Baker & Banker

Baker & Banker

住所　1701 Octavia St, San Francisco, CA 94109 アメリカ合衆国

営業時間　17時30分～22時00分

HP　http://www.bakerandbanker.com/index.php/site/bakery/

「Swan Oyster Depot」

創業からなんと一〇〇年以上経っている店。

もともとは魚屋だったそうで、その名残なのか今も店のショーケースに並んだ魚介類を買うことが出来ます。男ばかりの兄弟が経営する店で、皆が誇りを持って働いているのがよくわかります。

牡蠣や桜ハマグリがおすすめで、ここのクラムチャウダーは海の旨味をギュっと濃縮したような味わいです。何故かアメリカでは牡蠣をトマトソースやタバスコと一緒に出されることが多いのですが、ここではホースラディッシュが出てきます。わさびに似て、ツンと鼻に来るホースラディッシュを、生牡蠣と一緒に口にすると牡蠣の生臭さが消えて旨味や甘みが際立ってくるのが不思議です。

客が日本人だとわかると、店員が「ミソ食べる?」とカニみそをサービスしてくれたり、本日のおすすめの刺身を教えてくれたりすることもあります。

超人気店なので、行列は覚悟して訪問を!

支払は現金のみです。

Swan Oyster Depot

スワン

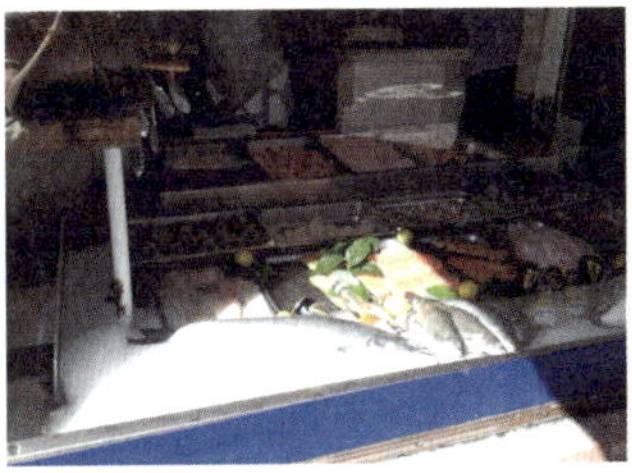

並んだ魚類

店内

店内②

生ガキと桜ハマグリ

住所　1517 Polk St, San Francisco, CA 94109
アメリカ合衆国

営業時間　8時00分～17時30分

HP　www.sfswanoysterdepot.com

「The Elite Cafe」

フィルモアにあるバー兼用のレストラン。

ワインリストがとても充実していて、カリフォルニアのカルトワインも置いてあります。

料理も小さなポーションから頼めるので、アメリカの料理のサイズにうんざりしている人におすすめです。

店内には、仕切りのある小さな個室もあります。今日は親しい人と、ゆっくり飲みながら食事を楽しみたいという人におすすめです。

The Elite Cafe

おつまみ

ワイン

住所 2049 Fillmore St, San Francisco, CA 94115 アメリカ合衆国

営業時間 17時00分～22時00分

HP http://www.theelitecafe.com/

「ROAM ARTISAN BURGERS」

若者が多く集まる人気のハンバーガー店。肉の種類が鳥肉やバッファロー、牛などから選択出来ます。

看板メニューの肉汁たっぷりのハンバーガーがおすすめですが、サラダやポテトもこだわりのある店です。

アツアツで出来立てのハンバーガーに、大きく口を開けてガブリと噛みつくと、色んな悩みがふっとんでしまいそうです。

ROAM ARTISAN BURGERS

ハンバーガー

ドリンク

外観

住所　1785 Union St, San Francisco, CA 94123
アメリカ合衆国

営業時間　11時30分～22時00分

HP　http://roamburgers.com/

「Doobu」

日本人街にある韓国の豆腐料理屋。

職場の近くにあるので、よくランチタイムに利用しました。

寒い日に、豆腐入りの辛いスープを食べると、体の芯からほこほこと温まり風邪知らずに。

辛さは調整可能で、辛いのが苦手な方は唐辛子抜きを頼むとマイルドな味の豆腐スープが出てきます。付け合せのナムルも含めるとボリュームたっぷりなので、食べ過ぎないように注意して下さいね。

Doobu

トーフのスープ

住所 1723 Buchanan St, San Francisco, CA 94115
アメリカ合衆国

営業時間 11時30分～23時00分

HP www.yelp.co.jp/biz/doobu-san-francisco

「Sweet Maple」

甘くてボリュームたっぷりの朝ごはんを堪能出来る店。

雪のような粉砂糖をまとった果物が、どっさりとトッピングされたパンケーキや、メープルシロップをたっぷり吸ったフレンチトーストなど、どれもかなり食べごたえがあるので、ブランチ目的に行くといいかもしれません。

平日はすぐに入れますが、土日は込み合う人気店で、営業は朝から昼までです。

Sweet Maple

フレンチトースト

パンケーキ

住所　2101 Sutter St　San Francisco, CA 94115 アメリカ合衆国

営業時間　8時00分〜15時00分

HP　http://sweetmaplesf.com/Sweet_Maple/Sweet_Maple_Breakfast_Brunch_Lunch_2101_Sutter_St._San_Francisco,_CA_94115.html

「Imperial Tea Court」

フェリー・ビルディング内にある中国茶を味わえる店。

店内では中国茶と共に飲茶も楽しむことが出来ます。店員さんと相談しながら茶葉や茶器の購入も出来、チャイナタウンはちょっと敷居が高いと感じてしまった方はこちらがおすすめかも。

買い物の途中でちょっと疲れた時に、私はよくここに立ち寄って香り高い中国茶を飲みながらほっと一息をついていました。

Imperial Tea Court

店内

中国茶と飲茶

住所　1 Sausalito - San Francisco Ferry Bldg, San Francisco, CA 94111 アメリカ合衆国

営業時間　10時00分～18時30分

HP　http://www.imperialtea.com/

番外編：「Super Mira Market」

日本人街にある個人経営のスーパー。惣菜やお弁当も売られていて、店内にはパン屋さんもあります。イートインスペースもあり、買い物ついでに日本の味が恋しくなったら寄ってみて下さい。

いろんな物が揃うので、滞在中は本当に助かりました。

Super Mira Market

住所 1790 Sutter St, San Francisco, CA 94115
アメリカ合衆国

営業時間 月～土曜日：9時00分～19時00分
日曜日：10時30分～18時00分

HP http://supermira1790.blogspot.jp/

まだまだ他にも面白い魅力的な店や、おいしい店はあちこちにありました。

皆さんもサンフランシスコの街を歩きながら、楽しんでお気に入りの店を探し出してみて下さい。

著者プロフィール

田辺青蛙（たなべ せいあ）

1982年、大阪府生まれ。オークランド工科大学卒業。2006年、第4回ビーケーワン怪談大賞で佳作となり、『てのひら怪談』に短編が収録される。2008年、「生き屏風」で、第15回日本ホラー小説大賞短編賞を受賞。以降、ホラー・幻想的な怪談を中心に発表している。主著に、『生き屏風』『魂追い』『皐月鬼』（すべて角川ホラー文庫）、『あめだま　青蛙モノノケ語り』（青土社）、共著に『怪談実話系　愛』（MF文庫ダ・ヴィンチ）などがある。私生活では、2010年にＳＦ作家と結婚。

関係各社

本文・カバーデザイン：木緒なち／加賀谷遥（株式会社 KOMEWORKS）
本文DTP：中村ジューコ桂子（JK Design Office）
キャラクターイラスト：伊藤三巳華
ウェディング写真：Yuri Photography

本書は、廣済堂webマガジン「よみものweb」に連載された「モルテンおいしいです^q^」全24回に、書き下ろし「extra」を収録しました。

モルテンおいしいです^q^

2015年1月1日　第1版第1刷

著　者　田辺青蛙

発行者　清田順稔

発行所　株式会社廣済堂出版
〒104-0061 東京都中央区銀座 3-7-6
電話　03-3703-0964（編集）03-3703-0962（販売）
FAX　03-6703-0963（販売）
振替　00180-0-164137
URL　http://www.kosaido-pub.co.jp

印刷所
製本所　株式会社廣済堂

ISBN 978-4-331-51897-7 C0095